# 미라지 2

*Mirage*

**Mirage**

Copyright ⓒ 2023 Camilla Läckberg and Henrik Fexeus
Korean Translation Copyright ⓒ2024 by Pencil Inc.
Korean edition is published by arrangement with Nordin Agency AB, Sweden,
through Duran Kim Agency, Seoul.

이 책의 한국어판 저작권은 듀란킴 에이전시를 통한 Nordin Agency AB와의 독점계약으로 펜슬프리즘(주)에 있습니다. 저작권법에 의하여 한국 내에서 보호를 받는 저작물이므로 무단전재와 무단복제를 금합니다.

# MIR AGE

## 미라지
### 2

카밀라 레크베리, 헨리크 펙세우스 지음

전은경 옮김

어느날
갑자기

## *9일 전*

미나는 이번엔 터널에 들어갈 준비를 더 확실하게 했다. 전날 튼튼한 부츠를 샀는데, 수색이 끝나면 바로 버릴 예정이었다. 터널 안은 엄청나게 추워서 장갑을 끼고 그 위에 엑스 라지 사이즈 일회용 장갑도 꼈다. 재킷 주머니에는 같은 사이즈로 다섯 켤레 더 넣어 뒀다. 마스크도 당연히 썼다.

미나 옆에서 걷고 있는 루벤은 보호 장비를 전혀 갖추지 않은 상태였다. 그가 머리에 쓰고 있는, 엄청나게 큰 귀덮개 모자를 제외하면 그랬다. 딸이 미리 준 크리스마스 선물인 모양인데 그 모자를 쓴 루벤은 무진장 우스꽝스러웠다.

"빌어먹을, 여기 아래는 진짜 춥군."

오덴플란 지하철 승강장에서 아래로 내려가 터널로 들어가던 루벤이 덜덜 떨며 투덜거렸다.

"아래가 더 따뜻할 줄 알았는데."

"나도 크리스마스 전 며칠을 이렇게 보낼지는 상상도 못 했어."

미나는 나탈리를 생각했다. 아이가 이사해 왔는데도 얼굴조차 거의 못 보고 지냈다.

안전상의 이유로 동행한 스톡홀름 근거리 교통 회사 직원이자 지하철 회사의 조합원은 그저 미소만 지었다.

"하지만 역사적인 측면에서 이곳 지하는 무척 흥미로운 곳이랍니다."

그녀가 말했다.

"성함이 뭐였죠? 루벤이라고 하셨나요? 죄송한데, 보호 헬멧을 쓰셔야 해요."

미나는 좀 전에 먼저 헬멧부터 소독했다. 반면 루벤은 헬멧을 여전히 손에 들고 있었다.

"아스트리드가 준 모자로도 충분히 보호됩니다."

그가 직원을 퉁명스러운 표정으로 쏘아보며 대꾸했다.

교통 회사 직원은 스톡홀름 지하철 역사 속 재미있는 일들을 들려줬지만, 역을 몇 개 지나자 흥미진진하던 선로 전환 이야기도 매력을 잃었다.

미치광이 톰의 진술대로라면 마르쿠스 에릭손의 뼈는 지하철에서 상당히 가까운 곳에서 발견되었다. 욘 랑세트의 해골도 비슷한 장소에서 발견된 것으로 미루어 볼 때, 살인범은 해골이 사람들의 눈에 띄기를 바랐을 것이다. 그러니 터널에 또 다른 해골이 있다면 이것도 아마 승강장에서 가까운 장소에 있을 것이다. 그렇다면 다행이다. 터널 전체 수색은 불가능할 테니까.

"스톡홀름에는 100개의 지하철역이 있어."

미나가 중얼거렸다.

"그중 47개가 지하에 있지. 우린 지금 세 번째 역으로 가는 길이고. 아담과 율리아는 네 곳을 봤대. 다른 팀도 하루에 우리와 똑같은 양만큼 한다면 우린 크리스마스를 터널에서 보내게 될 거야."

그들은 손전등을 켜고 앞으로 계속 나아갔다. 조명이 환한 승강장에서 멀어질수록 점점 더 어두워졌다. 얼마 지나지 않아 꽤 멀리까지 왔지만 이곳에도 자갈 더미는 없었다. 미나는 서서히 실망감이 들었다. 물론 새로운 발견 뒤에는 비극적인 운명이 드러날 테지만, 그래도 어떤 변화가 생기기를 원했다. 그때 갑자기 재킷 주머니에서 전화벨 소리가 울렸다. 미나는 휴대폰을 꺼냈다. 율리아였다.

"율리아?"

"여보세요."

율리아가 조금 숨이 찬 목소리로 말했다.

"우린 지금 칼라플란에 있는데, 여기서 뼈가 들어 있는 무더기를 발견했어. 아담이 이미 과학수사대 지원을 요청했고. 대원들이 아직 오지는 않았지만, 크리스테르의 말이 맞았어. 이 해골이 에리카 세벨덴이라는 동기 부여 트레이너인 게 확실해."

미나의 손전등 불빛이 어떤 물체를 비추었다. 루벤은 숨을 헐떡였고, 미나는 그 자리에 우뚝 멈춰 섰다.

"그쪽에서 에리카를 발견했다면."

미나가 아주 천천히 말을 꺼냈다.

"여기 이 사람은 누구지?"

손전등 불빛이 그들 바로 앞에 있는 자갈 더미 위에서 흔들렸다. 인골이 충분히 묻힐 만큼 커다란 자갈 더미였다. 그리고 한쪽에 뭔가 하얀 것이 빠져나와 있었다.

\*

"정말 역까지 데려다주지 않아도 돼?"

빈센트가 물었다.

"긴 여행이 될 텐데."

마리아와 아스톤이 재킷을 입었다. 마리아는 대형 여행 가방을 챙겼고, 아스톤은 아이에게는 너무 큰 백팩과 싸우는 중이었다. 겨울이 되면 짐의 부피가 얼마나 커지는지 늘 놀라웠다.

"우리끼리 갈 수 있어."

마리아가 살짝 퉁명스럽게 대답했다.

"역으로 가는 버스도 꽤 괜찮아. 아스톤이 버스 타기를 얼마나 좋아하는지 당신도 알잖아. 우리 때문에 바쁜데 당신이 갑자기 그 수사 현장에 가야 할 상황이 생기면 곤란하지."

빈센트는 아내가 무슨 말을 하는지 아주 잘 알았다. 아니, 누구 얘기를 하는 건지 알아들었다. 하지만 자신을 변호할 힘이 없었다. 또 싸울 수는 없지 않은가. 게다가 지속되는 마리아의 비난에 진실도 한 점쯤 들어 있다고 스스로 인정해야 했다. 정말로 그는 늘 미나를 생각했다. 더 이상의 관계는 결코 되지 않을 거라는 사실을 그도 잘 알았다. 하지만 미나가 없었다면 자신이 스스로를 잃었으리라는 것도 알고 있었다. 아내에 대해서는 안타깝게도 그렇게 말할 수 없었다. 예전에 언젠가는 그랬을 테지만, 설령 그런 적이 있었더라도 아주 오래전의 일이었다. 다행스럽게도 미나는 그에게 낭만적인 감정이 전혀 없었다. 그렇지 않다면 상황이 어려워졌을 것이다.

"우리, 버스랑 기차 타!"

백팩을 메는 데 드디어 성공한 아스톤이 환호성을 울렸다.

"버스에서 제일 앞에 앉을 거야!"

"나이 많은 승객이 앉아 있지 않을 때만 앉을 수 있어."

마리아가 아들에게 알려 줬다.

"그분들에게 자리가 없으면 네가 일어나야 해."

"나이 많은 분이 버스에 타면 내 무릎에 앉히고 동화를 들려줄 거야."

빈센트는 아들의 말에 미소를 짓고 아내에게 시선을 돌렸다. 자신이 아내에 대해 아는 게 얼마나 없는지 불현듯 깨달았다. 이렇게 오랜 세월이 흐르고 나서야. 처음에는 열정이 그들을 하나로 묶었었다. 순전히 육체적인 욕망이었다. 이 욕망이 마리아의 표현대로 '더는 필요하지 않게 됐을 때' 그들은 이미 반려자가 된 후였다. 상대방을 진정으로 알지 못한 채로. 마리아가 용기를 내서 그에 대해 알아 가려는 시도를 했다는 걸 빈센트도 알고 있었다. 하지만 성공을 거둔 것 같지는 않았다.

일방적인 추측이나 가정이 아닌 타인에 대한 무언가를 실제로 아는 것이 가능할까? 그건 아닐 거라고 생각했다. 물론 마리아와 결혼하지 않았다면 그는 그녀를 그리워했을 것이다.

하지만 얼마나? 스스로에게 이 질문을 할 용기가 있기나 한가?

정신없이 아스톤이 낄 마른 장갑을 찾던 마리아가 갑자기 동작을 멈추고 이상한 눈빛으로 빈센트를 빤히 바라봤다. 마치 그의 생각을 읽은 것 같았다.

"당신 요즘 너무 조용하네. 괜찮아?"

빈센트는 고개를 저었다. 아니, 괜찮다고 말할 수 없었다.

"머리가 계속 끔찍하게 아파."

그가 대답했다.

"그리고 불안한 느낌이 날마다 나를 더 조여 오는 것 같아."

"가을에 집에 너무 오래 있었던 게 안 좋았던 모양이야. 어두운 시간대에는 외로움을 특히 더 많이 느끼잖아."

마리아가 아스톤에게 장갑을 건넸다. 그런 다음 빈센트의 뺨에 키스했다. 그리고 키스한 자리에 손을 대고 그의 눈을 들여다보며 물었다.

"따라온다고 약속해 줄래?"

"약속할게."

그가 아내의 손을 잡았다.

"하지만 장인어른의 족발을 먹겠다는 약속은 못 하겠어."

"할아버지 발이 돼지야? 한 번도 못 봤는데."

아스톤이 놀라서 소리쳤다.

"그러면 보여 달라고 하렴. 아주 크고 털이 달렸거든!"

빈센트는 두 사람을 문까지 배웅했다.

그들이 집을 나서자 갑자기 두 사람을 다시는 못 볼 것 같다는 느낌이 밀려왔다. 몸이 휘청거릴 만큼 강력한 예감이었다. 빈센트는 양말만 신은 채로 눈밭으로 달려 나가 그들을 품에 안고서 그들을 얼마나 사랑하는지 말하고 싶었다. 그리고 여기 있어 달라는 말도. 하지만 그는 그저 심호흡을 한 번 하고, 현관문을 닫았다.

\*

미나는 집에 도착했다. 율리아는 그녀가 터널 수색 후에 샤워를 할 수 있게 시간을 줬다. 두툼한 겨울 재킷과 장갑과 마스크가 자기 일을 잘 해냈지만, 그럼에도 미나는 먼지가 모공으로 서서히 스며드는 느낌을 받았다. 일단 부츠를 벗어 현관문 바깥에 두었다. 그런 다음 바지를 벗고 스웨터를 머리 위로 벗는데…… 신발이 눈에 들어왔다.

그게 누구 신발인지 깨닫는 데 0.5초쯤 시간이 걸렸다. 미나는 딸에게도 열쇠가 있다는 사실을 까맣게 잊고 있었다. 다급하게 스웨터를 다시 입고 바지를 입으려고 바닥에서 집어 들다가 그대로 굳어 버렸다.

서재 문이 열려 있었다.

언제나 문을 닫아 두는데도. 거실에는 박스들이 쌓여 있었다. 거기 뭐가 들었는지 미나는 정확하게 알았다. 서재의 빈 공간을 차지하고 있던 일회용 팬티와 러닝셔츠, 소독제, 세제와 청소 도구 박스들이었다. 그것만으로도 충격인데 나탈리가 서재에서 분주하게 움직이는 소리까지 들렸다.

"엄마?"

나탈리가 방문 바깥으로 머리를 내밀었다.

"오셨네요! 여기 좀 정리하는 중이었어요. 박스랑 물건을 어떻게 이렇게나 많이 쌓아 두세요? 여긴 서재지 창고가 아니잖아요. 어쨌든 저는 이제부터 여기서 지내면 될 것 같아요. 제가 엄마 침실을 쓰고 엄마가 소파에서 주무시는 건 말이 안 되잖아요. 우리가 조금만 정리하면 이 방은 훨씬 나아질 거예요. 그런데 왜 바지를 벗고 계세요?"

미나가 나탈리를 빤히 노려봤다. 무슨 말을 해야 할지 알 수 없었다. 뻣뻣한 다리로 거실로 가서 바지를 박스 위에 내려놓았다.

거실에는 그녀가 삶을 살아가는 방식이 펼쳐져 있었다. 오래전부터 그녀에게는 '유일한' 삶의 방식이었다. 동시에 조금이라도 평범함에 가까워지고 싶어서 꼭꼭 숨겨 둔 수치심이었다. 그런데 모든 비밀이 이곳 바닥에 널브러져 있고, 그 한가운데에 딸이 서 있었다.

"너 이렇게 그냥……."

미나가 입을 뗐다.

"내가 너한테……."

헛기침을 한 번 하고 다시 처음부터 시작했다.

"내가 너한테 설명할 게 있어."

"엄마가 제정신이 아니라는 거요?"

나탈리가 웃음을 터트렸다.

"그거야 저도 알아요. 팬티를 200장이나 쌓아 놓고 사는 사람은 지금까지 본 적이 없으니까요."

"이건 내……."

미나가 나지막하게 중얼거렸다. '내 삶'이라고 말하려다가 마지막 순간에 꿀꺽 삼켰다.

"넌 거기 들어갈 권리가 없어. 다른 사람에게 보일 필요 없는 사적인 물건도 많은 법이야. 네가 그냥 와서 아무렇게나……."
"엄마."
나탈리가 말을 가로챘다.
"이건 그냥 청소용품일 뿐이에요. 그리고 속옷 조금이랑요. 뭐, 조금이 아니라 사실 엄청나게 많긴 하죠. 하지만 무슨 어린애한테 채찍질을 하는 지하 감옥 같은 걸 발견한 것도 아니잖아요. 이건 그냥 물건이라고요. 우리가 조금 정리만 하면 대부분은 엄마 침실에 들어갈 수 있을 거예요."
딸이 윙크를 하고 말을 이었다.
"다음엔 제가 집에 혼자 있을 때 찾아낼 만한 진짜 사적인 물건들을 엄마가 감춰 두길 바랄게요. 러닝셔츠와 소독제로 엄마를 놀리는 건 재미없잖아요."
미나는 딸을 가만히 바라보며 아이의 눈빛에 경멸감은 없는지 살폈다. 입가를 비꼬듯 내렸는지, 정신 나간 엄마 때문에 놀란 기색이 있는지. 그러나 아무것도 없었다. 나탈리는 그저…… 즐거워 보였다.
"이제 여기 청소하는 것 좀 도와주세요."
나탈리가 환하게 웃으며, 본인은 끼고 있지도 않으면서 미나에게 고무장갑을 건넸다.
미나는 침을 꿀꺽 삼켰다. 그녀의 성이 함락되고 도개교가 내려왔다. 성 안의 유령마저 환한 곳으로 끌려 나왔다. 미나는 아직 마음의 준비가 되어 있지 않았다. 하지만 달리 생각하면 마음의 준비가 되는 때는 평생 오지 않을 것이다. 게다가 더 나쁜 일도 겪었다. 스톡홀름 지하철 터널에 갔었지만 살아남지 않았나. 샤워는 나중에 할 수 있다. 미나는 다시 한번 침을 삼켰다. 그런 다음 나탈리의 미소에 미소로 화답했다.

"청소를 하겠다고?"

그녀가 고무장갑을 끼며 말했다.

"그런 건 어떻게 하는 건지 전문가가 보여 주지."

\*

니클라스는 최근 자주 그러하듯 자기 집무실 창가에 서 있었다. 겨울옷을 두툼하게 휘감은 채 선물이 가득한 쇼핑백을 끌고 다니는 아래쪽 거리의 사람들은 무척 즐거워 보였다. 하지만 저 많은 사람 중 그를 노리는 사람이 있을지도 모른다. 시간이 지날수록 운명이 저 아래 거리에서 그에게 달려들 확률도 높아졌다.

"이틀 전에 텔레비전 스튜디오에 있던 모든 사람과 면담을 했습니다."

토르가 말했다.

"보안 경찰이 모두 두세 번씩 확인했어요. 그들의 소셜 미디어를 체크하고 정치적 활동도 조사했습니다."

"정치적 활동?"

니클라스가 몸을 돌렸다.

"우리가 그래도 되나?"

토르는 어깨를 으쓱했다.

"어쨌든 조사했습니다. 원하신다면 장관님은 모르는 척하셔도 됩니다."

니클라스는 의자에 털썩 주저앉아 얼굴을 쓸어내렸다.

"그래서? 뭘 알아냈지?"

토르는 목울대가 위아래로 움직이는 모습이 확연하게 보일 정도로 힘겹게 침을 꿀꺽 삼켰다. 상황이 이렇게 심각하지 않았다면 이렇게 불편해하는 이 단정한 남자의 모습이 조금 우스꽝스러웠을 것이다.

"없습니다."

토르가 약간 떨리는 목소리로 대답했다.

"전혀 없어요. 직원 중 한 명이 불륜을 저지르고 있다는 것 말고는 없는데, 그게 이 일과 관련이 있다고는 생각하기 어렵습니다. 〈모론스튜디온〉 제작진 전체가 넋이 나갔고, SVT 사장은 비공식 사과를 했고⋯⋯."

"왜 비공식이지?"

니클라스가 눈썹을 치켜세우자 토르가 헛기침을 하고 대답했다.

"우리 쪽에서 이 일을 비밀로 하려고 해서요. 가해자가 자신의 행위를 정당하다고 느끼지 못하게 하려고요. 아무 일도 일어나지 않은 것이니 SVT도 공식적으로 사과할 수 없지요. 사회자들과 스튜디오 조수, 카메라맨 모두 본인들 눈앞에서 그런 일이 벌어졌다는 데 큰 충격을 받았습니다."

"그러니까 범인이 들어오고 나가는 걸 아무도 못 봤다는 말이지?"

"그런 일은 없었습니다. 관계자가 아닌 사람은 경호원들이 바로 알아챘을 겁니다."

니클라스는 의자를 창 쪽으로 돌렸다. 거리에서 한 남자가 고개를 숙인 채 짙은 눈보라를 헤치며 나아가고 있었다.

"그렇다면 스튜디오 직원 중 한 명이라는 말인가?"

니클라스가 물었다.

"그것도 아닌 듯합니다. 보안 경찰이 그 전에 모든 참석자에게 보안 검색을 실시했거든요."

"저기 아래를 봐."

니클라스는 창밖을 가리켰다.

"저기 저 남자. 이 건물 앞에서 자주 봤어. 뭘 하는 거지? 나를 감시하는 게 분명해. 경호원들이 틀림없이 저 아래에 있겠지. 저 남자를 당장 잡으라고 해."

창밖을 내다본 토르가 한숨을 내쉬었다.

"우리 관리인입니다. 이 시각에 퇴근하지요."

그렇군. 니클라스는 그제야 그 남자를 알아봤다. 이제 피해망상까지 나타나다니. 니클라스는 눈을 헤치고 가는, 앞으로도 매일 저녁 그렇게 하게 될 관리인의 뒷모습을 지켜봤다. 어쩌면 그는 지금 가족들이 기다리는 쇠데르말름의 자택에 가는 것일 수도 있다. 아니면 웁란드 베스뷔의 독신자 전용 아파트에 사는지도 모른다. 니클라스는 그에 대해 전혀 알지 못했다. 그러나 중요한 것은 관리인이 일주일 후에도, 그리고 그 다음 주에도 오늘과 똑같은 일을 하리라는 사실이었다. 하지만 그때가 되면 니클라스 자신은 더 이상 존재하지 않을 터였다.

눈을 감으니 그 부호가 보였다.

아랫부분이 채워진 8이었다.

"자네, 이제 가도 돼."

니클라스가 눈을 감은 채 나른하게 말했다.

어쩌면, 그러니까 어쩌면 이제 현실을 받아들여야 할 시간인지도 모른다. 안 그럴 이유가 없지 않은가. 지난 20년은 아주 훌륭했다. 모든 아름다운 것은 이르든 늦든 언젠가는 끝난다. 아흐레 뒤에는 다 지나간다. 그러면 그는 더 이상 존재하지 않을 것이다. 그는 나탈리가 이걸 이해할 수 있을지 궁금했다. 그리고 너무 고통스럽지 않기를 바랐다.

\*

미나는 크로노베리 공원 언덕에서 빈센트를 기다렸다. 나탈리와 청소를 하고 나니 급하게 신선한 공기가 필요했다. 이제 집에 혼자 사는 게 아니라서 평소와 달리 뜨거운 물로 한 번밖에 샤워하지 않았지만, 그래도 몸을 식힐 필요가 있었다.

숨을 내쉬고서 얼굴 앞에 어른거리는 하얀 입김을 감탄하며 바라봤다. 어쩌면 얼음 결정이 맺히는 모습이 눈에 보일지도 모르겠다는 생각이 들었다. 입김은 이내 공기 중으로 흩어져 사라졌다.

그녀는 겨울의 열광적인 팬은 아니었지만, 냉기에는 본연의 아름다움이 있다고 믿었다. 냉기는 소독하고 보존했다. 뭔가를 그대로 유지하고 단단하게 잡아 두었다. 미나를 얼음 여왕이라고 부르는 사람들은 그녀가 그 말을 칭찬으로 받아들인다는 사실을 몰랐다.

공원 저쪽 끝에 몸에 잘 맞게 재단된 검정 외투를 입은 금발 남자가 나타났다. 빈센트였다. 놀랄 만큼 편안한 온기가 냉기에 관한 명상을 뚫고 들어와 미나의 온몸에 퍼졌다. 사실

온기는 너무 약한 표현이었다. 그가 가까이 다가오는 동안 미나는 체온이 너무 빨리 올라서 마치 난로가 된 듯했다. 열을 식히려고 다운재킷의 지퍼를 열었다.

"아이고, 더워요?"

앞에 와서 선 빈센트가 물었다. 미나는 대답할 말을 잊었다. 이제 얼굴까지 빨개졌다. 내가 왜 이러지?

"잠깐 산책해요."

그녀는 겨우 대답하고 먼저 발걸음을 뗐다.

"우리 어떻게 되어 가요?"

마치 세상에서 가장 평범한 질문이라는 듯한 말투였다. 미나는 무슨 말을 해야 할지 알 수 없었다.

"어, 나는…… 우리가……."

그녀가 입을 열었지만 빈센트가 말을 가로막았다.

"우리 사건 말이에요. 서류철을 가지고 온 게 보여서."

미나는 자기 손에 들려 있는 서류철을 흘깃 내려다봤다. 까맣게 잊고 있었다.

"우리…… 우린 해골 더미를 두 개 발견했어요."

그녀는 한참이나 헛기침을 했다.

"이제 모두 네 개가 됐죠. 네 번째 무더기는 지난 몇 년 동안 실종 신고가 된 사람 중에 확인되는 사람이 없어서 수수께끼예요."

빈센트는 정신을 바짝 차리고 듣는 듯했다.

그들과 조금 떨어진 곳에서 아이들의 웃음소리가 울려 퍼졌다. 가까이 가 보니 유치원 아이들이 썰매를 타는 낮은 언덕이 있었다.

"이리 와요!"

빈센트가 눈을 반짝이며 말했다. 그러고는 미나의 손을 잡고 성큼성큼 걸어 언덕을 올라갔다. 미나는 좋든 싫든 따라갈 수밖에 없었다.

"내가 지금 생각하는 걸 정말로 하면 멘탈리스트의 뼈로 가득한 다섯 번째 해골 더미가 생겨날 줄 알아요."

그녀가 말했다.

"다른 사람들에게 평범해 보이는 일을 하는 게 중요하다고 당신이 말하지 않았어요?"

그가 히죽거리며 썰매 두 개의 줄을 집었다. 아이들은 검은 외투를 입은 두 어른에게 전혀 관심을 보이지 않았고, 어른에게는 너무 작은 썰매에 빈센트가 올라탈 때도 놀라지 않았다.

"당신이 제정신이 아니라는 말도 내가 하지 않았던가요?"

미나가 고개를 절레절레 저으며 말했다. 그가 자기 옆의 썰매를 가리키자 미나는 할 수 없이 거기 자리를 잡았다.

아주 작은 어린이용 썰매에 올라타려면 다리를 바짝 끌어당겨야 했다. 손에 서류철을 든 채 애써 균형을 잡다가 눈이 그친 지 오래되었다는 것을 깨달았다. 눈 덮인 언덕이 햇빛에 반짝였다.

빈센트가 미나 쪽으로 몸을 숙여 그녀의 썰매를 단단히 잡고는 웃음을 터트렸다. 두툼한 겨울옷과 아이들의 고함과 이 모든 엉뚱한 상황에도 불구하고 그의 체취가 풍겨 왔다. 미나는 체취라는 것이 원래는 절대 코로 들여보내고 싶지 않은 입자들의 조합임을 알면서도, 그의 체취를 크게 들이마셨다. 그의 입자이고 그의 체취니까.

"유치원 선생님이 뭐라고 하면 내가 당신을 체포하느라 그랬다고 할 거예요."

미나의 말이 끝나자마자 빈센트가 썰매를 밀었다. 그 바람에 언덕을 미끄러져 내려가게 된 미나가 요란하게 비명을 질렀다.

그리고 자기도 모르게 크게 웃었다. 잠시 후 미나의 뒤를 이어 빈센트도 유치원 아이들 틈에 끼어서 언덕 아래에 도착했다. 둘이 다시 몸을 제대로 일으키기까지는 시간이 좀 걸렸다.

"빌려줘서 고맙다."

빈센트가 놀란 얼굴을 하고 있는, 아주 커다란 방한복 차림의 두 남자아이에게 썰매 두 대를 넘겨줬다.

그러고는 아무 일도 없었다는 듯이 걸음을 옮겼다.

"돌았어."

미나는 투덜거리면서도 자신이 여전히 얼굴에 미소를 짓고 있음을 알았다.

"더 알아낸 거 있어요?"

빈센트가 묻자 미나는 고개를 저었다.

"딱정벌레에 대한 자세한 설명을 로케에게서 받았는데, 난 절대 안 읽을 거예요."

빈센트는 생각에 빠진 듯했다.

"내가 자주 말했듯이 오컴의 면도날이에요. 희생자의 신원은 팀에게 도움이 되지 못했어요. 유해를 기이하게 처리한 방법도 그랬고요. 유해 자체도 도움이 되지 않았죠. 지하철과의 연관성도. 혹시 그런 게 있기나 하다면요. 이제 뭐가 남았죠?"

그가 갑자기 발걸음을 멈췄다.

"그 자갈 더미 사진 가지고 있어요?"

미나는 서류철을 펼쳐 세 희생자와 아직 신원이 밝혀지지 않은 한 명의 뼈 무더기 보고서를 꺼냈다.

"우리가 건드리기 전에 과학수사대가 현장 사진을 철저하게 남겨 뒀어요. 첫 번째 무더기는 그라피티 예술가가 우리보다 먼저 발견했으니 약간 흐트러졌지만 상관없을 거예요. 그냥 자갈 더미니까."

그러고는 보고서에서 사진을 꺼내 빈센트에게 건넸다. 그는 사진을 자세히 들여다보고 이리저리 넘기며 서로 비교했다. 그가 너무나 집중해 있어서, 미나는 그의 외투에 불을 붙여도 모르겠다고 생각했다.

"이걸 봐요."

빈센트가 드디어 입을 뗐다.

"당신 말이 맞아요. 자갈 더미들은 모두 비슷하게 생겼어요. 그저 무더기일 뿐이죠. 그런데 주변 바닥을 살펴봐요."

"누군가 원을 그렸네요. 나무토막으로 그린 것 같아요."

미나가 고개를 끄덕였다. 그리고 시계를 들여다봤다.

"이런, 이제 가야 해요. 당신이 제안한 대로 루벤과 같이 요세핀 랑세트를 다시 한번 찾아가려고요."

"이건 원이 아니에요."

빈센트가 사진을 돌려주며 말했다.

"자세히 봐요."

그가 옳았다. 세 장의 사진 속에서 어두운 선이 자갈 더미 뒤에서 겹치며 어둠 속으로 사라졌다.

"사진을 여러 각도에서 찍었잖아요."

빈센트가 말했다.

"그런데 패턴은 늘 똑같은 것 같아요. 신원 확인이 되지 않은 네 번째 희생자의 경우에는 왜 없는지 모르겠고요. 그러니 일단 알려진 희생자들로만 한정해 보죠."

미나는 사진을 보며, 다양한 관점의 3차원 모습을 머릿속에서 그려 보았다.

"원 두 개가 뒤로 나란히 붙어 있어요. 커다란 8 자 같아요. 자갈 더미는 아래쪽 원 안에 들어 있고요."

"숫자로 보다니, 재미있네요. 내 눈에는 다른 게 보이거든요. 모래시계요. 모래가 모두 아래쪽에 있어요. 그러니까 모래시계의……."

"……시간이 다 지났다는 뜻이죠."

미나가 말을 이었다.

이게 무슨 뜻인지는 모르겠지만, 갑자기 빈센트의 팔을 꽉 붙잡고 싶었다. 해가 사라지고 하늘에는 구름이 가득했다. 이 문장이 어딘지 모르게 귀에 익었다. 최근에 누가 이제 곧 다 지나갈 거라고 말하지 않았던가? 그 사람이 여기 이 사건들과 관련이 있나? 모래시계랑 자갈 더미와? 미나는 살인범이 아직 범행을 끝낸 게 아닌 것 같아서, 그리고 다음 희생자는 자기가 아는 사람일지도 모른다는 생각에 두려워졌다.

\*

그가 방에 들어섰을 때 할머니는 이미 침대에 앉아 그를 기다리는 중이었다. 할머니는 평소보다 쇠약해 보였다. 아마 겨울이기 때문일 것이다. 어두운 계절은 비타민 D 부족과 그에 따른 우울증을 불러일으켰다. 전 국민이 유령처럼 창백해진 채 떨며 어깨를 움츠리고 다녔다. 노인들은 두 배나 힘들기 때문에 아스트리드가 우울해 보이는 것도 이상한 일은 아니었다.

그러나 루벤을 보자 아스트리드는 얼굴 전체를 환하게 빛내며 웃었고, 방이 갑자기 7월처럼 밝고 따뜻해졌다.

그녀는 크리스마스에 걸맞게 세련된 차림새였다. 할아버지가 뜨개질해 준 카디건을 입고 있었다. 할아버지는 재단사였는데, 언제나 손수 예쁜 옷을 지어서 아내를 꾸며 줬다. 엘브훼 동네의 이웃들은 그럴 때마다 샘이 나서 낯빛이 바뀌었다. 할머니는 그 시절의 옷을 많이 보관해 두었다.

"아가씨, 혹시 우리 할머니 보셨나요?"

루벤이 놀라는 척 연기했다.

"예전에는 이 방에 연세가 있으신 부인이 살았는데요. 아니면 우리 할머니는 그냥 내버려두고 당신과 함께 춤추러 가야겠네요."

아스트리드가 즐겁게 킥킥 웃었다.

"진정한 신사분이시군요. 그 재킷을 입으니 무척 세련되어 보여요."

아스트리드가 일어나서 복도를 흘낏 내다보고는 문을 닫았다.

"아몬드 쿠키 먹을래?"

그녀가 비밀 거래라도 하듯 나직하게 묻더니 협탁에서 쿠키 통을 가져왔다.

간병인들은 이미 오래전에 아스트리드에게 아몬드 쿠키를 금지할 노력을 그만두었다. 물론 쿠키가 건강에 안 좋기는 하지만, 아스트리드가 이미 고령이므로 그저 조심하시라고 대충 경고만 했다. 아스트리드는 그 경고를 진지하게 받아들여서 쿠키를 숨겨 두었지만, 어차피 병동 직원들은 다들 알 터였다.

"그럼, 물론이지. 내가 더 사왔어."

그는 쇼핑백에서 새 아몬드 쿠키를 꺼냈다. 쿠키 통에는 미리 분홍색 포장 띠를 감아 두었다.

"아이고, 예쁜 크리스마스 선물이구나!"

아스트리드가 흥겹게 노래하듯 말했다.

"자, 이제 앉아서 이야기 좀 해 보렴. 아름다운 이름을 가진 내 증손녀는 어떻게 지낸다니?"

할머니는 엘리노르가 루벤의 딸에게 자기 이름을 붙인 것을 여전히 무척 자랑스러워했다.

"아스트리드는 아주 멋진 아이야."

루벤이 대답했다.

"자기 엄마처럼 그림 그리기를 좋아하고. 격투기도 아직 하는데, 이제 발레도 하느라 예전만큼 자주 하지는 않아. 지금도 커서 경찰이 되겠다는 꿈을 품고 있고."

할머니는 눈을 가늘게 뜨고 그를 보며 미소를 지었다.

"그럼 뭐가 문제니?"

그러고는 그의 옆구리를 가볍게 때렸다.

"다 보인다. 너 지금 어린애처럼 굴고 있어."

루벤은 의자에서 이리저리 몸을 꼬았다. 할머니는 언제나 그의 마음을 훤하게 읽었다. 어릴 때부터 할머니에게 뭔가 감추려는 노력은 죄다 헛수고였다. 최고의 핑계를 생각해 내도 할머니는 순식간에 알아챘다.

루벤은 무슨 말부터 시작해야 할지 몰랐다.

"으음, 아직 말할 단계가 아니긴 해. 그러기에는 너무 이르니까."

그가 엉덩이를 들썩거리며 대답했다.

"그런데…… 나 괜찮은 사람이 생겼어."

"정말이니?"

아스트리드가 너무나 힘차게 손뼉을 치는 바람에 쿠키 부스러기가 사방으로 날아갔다.

"내 생각엔 지금이 딱 좋은 때인 것 같은데! 누구니?"

"이름은 사라야. 지난여름에 같이 일했는데, 무척 좋았어. 그 이후에 내내 못 보다가 사흘 전에 봤어. 우연히 시내에서.

사라는 정말…… 아마 나는 존재감조차 없을 거야. 어쨌든 이런 관점에서는 말이야. 나는 그 사람이 좋아할 타입이 아니거든. 서로 잘 모르는 사이이기도 하고. 하지만 그래도……."

"루벤."

할머니가 그의 말을 가로막았다.

"너 지금 열일곱 살짜리 아이처럼 말을 더듬는구나. 혈당 수치가 안정될 수 있게 쿠키를 하나 먹으렴. 여기서 쓰러지기 전에 말이야."

그는 할머니의 말에 얌전히 쿠키를 한 입 먹었다.

"난 사실 희망을 다 버렸었어."

할머니가 말했다.

"엘리노르와 헤어진 후에 네가 분별없이 행동했었잖니. 난 너에게 화가 났었단다. 어떻게 지내는지 물으면 넌 거짓말을 했지. 다 알았지만 아무 말도 하지 않았어. 어떤 일이 있어도 나는 너를 정말 사랑하니까."

"미안해."

"그럴 필요 없어. 넌 정리를 했잖아. 이제 딸이 있다는 것도 알고, 그 애를 무척 사랑하지. 엘리노르조차 너에게 화가 나 있지 않은 것 같아. 그러니 지금 이 일도 잘 해낼 거야. 중요한 건 네가 조심스럽게 천천히 행동해야 한다는 사실이지. 마초 경찰 짓은 그만두고."

"걱정 마. 사라는 경찰이라고 껌뻑 죽는 사람이 아니니까. 그건 그렇고, 우린 크리스마스 파티를 같이 하기로 했어."

"난 그 애가 벌써 좋구나."

할머니가 이렇게 말하고는 새 쿠키 통을 힘주어 열다가 갑자기 동작을 멈추었다. 그러더니 미심쩍은 표정으로 물었다.

"그 애도 아몬드 쿠키를 좋아하겠지?"

"안 좋아하는 사람이 어디 있겠어?"

루벤이 웃음을 터트렸다.

"사라는 제정신이야."

아스트리드는 만족스럽게 고개를 끄덕이고는 쿠키를 입에 넣고 맛있게 먹었다. 할머니는 처음에 루벤이 방에 들어설 때까지는 약간 우울했는지 몰라도, 지금은 다시 예전 모습을 되찾았다.

"다음에 만날 때는 다 이야기해 주렴. 아니면 사라를 데려오는 게 제일 좋겠구나! 그래, 그렇게 하자. 이의는 용납하지 않아."

"하나씩 차례로 하자고."

루벤이 웃었다.

"하나씩 차례로."

그는 할머니가 원하는 대로 하게 될 것을 이미 알고 있었다. 할머니는 늘 원하는 걸 얻어 냈으니까.

"미나!"

크리스테르가 미나의 뒤를 급히 따라오며 큰 소리로 불렀다.

미나는 자기 팀에도 분명히 구비되어 있을 제세동기가 어디에 걸려 있을까 잠깐 생각했다. 크리스테르는 얼굴이 새빨개져서 증기 기관차처럼 거칠게 숨을 내쉬었다.

"찾아냈어. 기억나? 나한테 부탁한 거 있잖아."

그가 숨을 헐떡이며 양손으로 무릎을 짚었다.

"아이고, 빨리도 달리네. 부르는데 듣지도 못하고 말이야."

"지금 여기 있을 때가 아니에요. 겨우 2분 전에 크로노베리 공원에서 빈센트와 헤어졌고, 이제 바로 루벤이랑 같이 요세핀 랑세트한테 가야 하거든요. 그냥 못 본 걸로 쳐요."

"내가 구스타프 브론스에 대해 뭘 알아냈는지 듣고 싶지 않아?"

미나가 급하게 발걸음을 멈췄다.

"구스타프 브론스? 내가 맞혀 볼게요. 도박 빚을 졌나요?"

"그래, 맞아."

크리스테르가 대답했다. 숨을 내쉬는데 그의 흉곽이 휘파람 소리와 색색 소리를 냈다.

"도박으로 엄청난 액수를 잃었어. 콘피도를 빙자해서 슬쩍한 재산이 이제 더는 남아 있지 않아. 완전히 빚구덩이에 빠졌다고. 게다가 설상가상으로 위험한 사람들에게도 빚을 지고 있더군. 그래서 드라간 마노일로비치의 돈이 필요했던 거야. 다시 말해서 구스타프 브론스의 좋은 시절은 이미 지나간 거지. 호화로운 호텔과 최고급 레스토랑, 사치스러운 여행은 이제 불가능해. 비용이 많이 드는 변호사는 말할 것도 없고. 딱딱한 빵이나 겨우 먹을 수 있을까."

그의 말투에서 쌤통이라는 뉘앙스가 분명하게 드러났다.

미나의 생각이 뒤엉켰다. 구스타프 브론스. 도박 빚. 모자이크의 일부는 이제 좀 더 확실해졌지만 아직 많은 것이 불분명했다. 예를 들어 욘과 마르크, 에리카가 죽은 이유가 바로 그랬다.

"크리스테르, 고마워요."

미나는 그를 연민 어린 눈으로 바라봤다.

"지금 숨소리가 아주 안 좋은 거 알아요? 여기 경찰서 지하에 피트니스실이 있어요. 길을 못 찾겠으면 내가 약도라도 그려 줄게요."

"아이고, 참 재밌네. 내 컨디션은 아주 좋아. 이따금 슬럼프가 올 뿐이지."

"슬럼프요? 뭐, 그럴 수도 있겠네요."

크리스테르는 그녀에게 혀를 쑥 내밀고는 기분이 상한 듯 투덜거리며 몸을 돌렸다.

"손가락이 부르트도록 일해 주고 얻는 게 뭐람? 기껏해야 조롱이나 듣지."

미나는 싱긋 웃으며 다른 방향으로 갔다. 약도를 보내는 게 제일 좋지 않을까. 아직 한참이나 그를 놀려 먹고 싶으니까. 그리고 라세도 생각해서야지.

그러다 불현듯 발걸음을 멈추었다.

크리스테르가 호화로운 호텔 이야기를 하니 뭔가 생각이 났다. 요세핀 랑세트와 관련이 있었다. 미나는 잠깐 검색을 해서 전화번호 하나를 알아냈다. 그리고 루벤의 사무실로 달려가면서 그곳으로 전화를 걸었다.

\*

스투레뷔에 있는 집은 이제 더는 안전한 피난처가 아니었다. 미나처럼 율리아도 샤워를 하려고 집으로 향했다. 터널에서 보낸 하루는 그녀의 피부에 잿빛 먼지를 남겼다.

요즘은 현관문을 열 때마다 가슴이 죄어드는 느낌이었다. 자기 집이 아니라 남의 집처럼 느껴졌다. 어느 정도는 사실이기도 했다. 토르켈은 그녀에게 이방인이 됐다. 하지만 율리아는 자기 자신에게도 이방인이었다. 그녀는 자기가 누구인지 항상 잘 알고 있었다. 언제나 타인과의 관계 속에서 자신을 정의했다. 경찰서장의 딸. 경찰 대학 동기 중 가장 우수한 학생. 토르켈의 아내. 경찰서에서 한 팀을 책임지는 팀장. 하뤼의 엄마.

아담의 연인.

하지만 그사이에 자기 자신을 잃어버렸다. 옆에 아무도 없을 때의 자신이 누구인지를 잊어버렸다. 그리고 이젠 알고 싶지도 않았다.

율리아는 마르쿠스 에릭손의 묘를 열 때 아담에게 불쑥 했던 말에 스스로도 놀라고 충격을 받았다. 결과를 책임질 마음의 준비가 되어 있지 않았다. 그래서 자신을 보호하기 위해 '아마'라는 말을 덧붙였다. 어쨌든 솔직하긴 했다. 정말 이혼하겠다고 말할 수는 없었으니까.

아네트의 집에서 그녀는 가족을 파괴하려는 자신이 악당처럼 느껴졌었다. 하지만 이 집에서는 이곳에 가족이 있다는 느낌이 별로 들지 않았다. 도대체 파괴할 뭔가가 있기나 한 건가?

욕실에서 들려오는 소리로 보아 토르켈은 샤워를 하는 모양이었다. 왜 대낮에 샤워를 하지? 하뤼는 잠이 들었나 보군. 침실 문을 열어 보니 그 짐작이 맞았다. 아이는 편하게 팔을 뻗고 누워 입을 벌린 채 이마에 땀을 살짝 흘리며 자고 있었다. 이보다 더 평화로운 광경은 없었다. 율리아는 마음이 따뜻해졌다. 내가 정말 이 아이의 세상에서 뭔가를 바꾸어도 될까? 이 세상을 파괴해도 되나? 아이는 나와 토르켈과 함께 한 지붕 아래에 사는 세상밖에 모르는데.

토르켈의 협탁에서 불빛이 반짝 빛났다. 율리아는 반사적으로 그쪽을 쳐다봤다. 메시지가 들어와 있었다.

그녀는 휴대폰으로 다가가서 어두운 액정을 쓸었다. 메시지가 잠금 화면에 아직 떠 있었다. 율리아는 눈을 꾹 감았다. 잘못 읽었을 거야. 혹시 광고였나? 아니, 아니었다. 메시지는 명확했다. 토르켈은 틴더 앱에서 매칭이 여러 건 되어 있었다. 아니, 토르켈이 아니라 '스투레뷔파파81'이었다.

율리아는 떨리는 손으로 비밀번호를 넣었다. 비밀번호는 그녀의 것과 똑같았다. 다른 시절, 다른 삶에서 둘은 휴대폰 비밀번호를 맞출 정도로 서로를 신뢰했다. 그 비밀번호가 지금은 지옥으로 가는 통로였다.

그녀는 침대 가장자리에 주저앉아 앱을 열고 그 안에 담긴 내용을 읽기 시작했다. 토르켈의 머릿속을 들여다보고 그가 다른 여자들과 나눈 대화를 보는 느낌은 기이했다. 그가 하는 농담, 자기 이야기, 그가 하는 칭찬을 읽었다. 혹시 음경이나 그에 해당하는 여성의 신체 부위가 튀어나올지 몰라 두려웠지만 다행스럽게도 그런 것은 없었다. 하지만 토르켈이 그런 종류의 대화를 어쩌면 메시지나 메일로 주고받은 건 아닐까

……. 율리아는 속이 메슥거렸다.

토르켈이 허리에 수건을 두르고 욕실에서 나왔을 때, 그녀는 틴더 앱이 열린 휴대폰을 손에 들고 마비된 듯 그대로 앉아 있었다.

"당신 사진을 찍어서 '핫마마인더시티95'에게 보낼까?"

율리아가 무표정한 얼굴로 물으며 휴대폰 화면을 들어 보였다.

토르켈의 얼굴이 새하얗게 질렸다.

"왜 내 휴대폰을 엿보는 거야?"

"그게 지금 우리가 얘기해야 할 가장 급한 문제일까? 당신이 왜 틴더를 하는지 일단 먼저 설명해야 하지 않아?"

그가 눈꺼풀을 떨며 더듬더듬 말했다.

"흠…… 나는…… 그러니까…… 틴더가 다른 앱들에 비해 사용자 인터페이스가 훨씬 좋아. 사용자 친화적이고, 애슐리 매디슨이랑 다르게 가짜 프로필이 자주 올라오지도 않고."

율리아는 그를 가만히 쏘아봤다. 하뤼가 잠결에 칭얼거려서 그녀는 목소리를 낮춰 다그쳤다.

"완전히 돌았구나? 난 당신더러 왜 틴더로 결정했는지 물은 게 아니라 왜 틴더를 하냐고 물었어."

토르켈은 우물쭈물하면서 두 다리에 번갈아 가며 무게 중심을 옮겼다. 그가 선 자리 아래에 작은 물웅덩이가 고였다.

"난…… 으음…… 흠, 당신은 집에 붙어 있질 않잖아. 빌어먹을! 나한테 관심이 조금이라도 있어? 다른 데서 좀 인정받으려는 게 뭐가 이상해? 난 그냥 채팅만 한 거야. 완전히 결백하다고."

그의 화난 말투와 독선적인 시선에 율리아는 분노했다. 천천히 일어나서 휴대폰을 침대에 내던지고 그의 얼굴 앞에 섰다. 익숙한 사과 향이 감도는 그의 샤워 젤 냄새가 밀려와 율리아는 하마터면 마음이 녹을 뻔했다. 그러다가 다시 분노가 치솟았다. 아네트의 거실에서 눈앞에 나타났던 내면의 권총은 이제 안전장치가 완전히 해제되었다.

"어떻게 책임을 나한테 미룰 생각을 해? 당신이 관심을 충분히 받지 못한다는 이유로 내 등 뒤에서 다른 여자랑 시시덕거리는 게 정말 내 잘못이라고 우기지는 않겠지. 우리에겐 한 살짜리 아이가 있어. 그리고 난 종일 일을 해야 하고. 당신, 제정신이 아니야."

율리아는 침실에서 달려 나가 현관문으로 가면서 여러 번 주먹을 움켜쥐었다. 아, 내가 여전히 함마르스텐 성을 쓰는 게 얼마나 다행인가.

조각난 기억들이 머릿속에서 솟아올랐다. 그녀의 몸 위에 있던 아담의 몸. 그녀의 입술에 놓였던 그의 입술. 율리아는 이게 이중 잣대임을 명확하게 알고 있었다. 틴더에 프로필을 올리는 것보다 본인이 훨씬 더 나쁜 짓을 했다는 사실을 알았다. 그럼에도 분노가 가라앉지 않았다.

현관문을 쾅 닫자 커다란 눈덩이가 지붕에서 토르켈의 자동차로 떨어졌지만 율리아는 그냥 그대로 갔다. 그건 그녀의 문제가 아니었다. 토르켈이 눈을 치우든 말든 알아서 할 일이었다.

\*

지난번과 달리 그들은 집에 별로 감탄하지 않았다. 어떤 장면이 펼쳐질지 이미 예상이 갔다. 넓은 공간은 우울해 보였고, 요세핀 랑세트는 마르고 초췌한 모습으로 문을 열었다.

사방에 이삿짐 상자들이 널려 있었다. 황색 언론은 콘피도 스캔들과 관련하여 횡령한 돈을 일부라도 갚으려면 나르바베겐에 있는 욘 랑세트의 고급 주택을 팔아야 할 거라며, 고소하다는 듯이 떠들어 대고 있었다.

"언제 이사 가시나요?"

미나는 요세핀 랑세트를 따라 긴 복도를 걸으며 연민을 담은 목소리로 물었다. 루벤은 도어 매트에 눈을 털다가 그냥 신발을 벗어 버렸다.

미나는 자신의 동정심이 적절하지 못하다는 사실을 알고

있었다. 요세핀과 욘 랑세트는 타인의 돈으로 너무나 오랫동안, 원래는 누릴 수 없는 호화로운 생활을 해 왔다. 그러나 이 삿짐 상자들 사이에 흩어져 있는 아이 장난감들을 보니 요세핀에게 조금은 측은함이 느껴졌다.

"앉아도 될까요?"

루벤이 방에 당당하게 마지막으로 남아 있는 소파를 가리켰다.

"그럼요. 다른 가구들은 이미 모두 가져갔어요."

미나와 루벤이 나란히 자리를 잡자 요세핀은 소파 제일 끝에 조심스럽게 걸터앉았다.

"다음 주부터 부코프스키 경매에 나올 거예요."

커다란 창 바깥으로 다시 눈이 내렸다. 이제 곧 제설차가 도로를 다닐 것이다. 나르바베겐은 분명히 먼저 눈을 치우는 지역 중 하나일 터였다.

"엘러리 비치 하우스에 묵으셨던 일에 대해 질문이 하나 있어요. 요세핀 씨는 욘이 실종되기 얼마 전에 혼자 시간을 보내려고 그곳에 가셨다고 했죠."

"네, 그런데요?"

요세핀의 눈에서 불안이 반짝, 드러났다.

"난 아이를 셋이나 돌봐야 해요. 가끔은 그냥 집 밖으로 나가야 숨이 트이죠. 욘은 이 점에서 나를 항상 지원해 줬어요.

내가 주말에 혼자 시간을 보낼 수 있게 집으로 베이비시터도 불렀고요."

"그래서 그렇게 하셨나요? 그러니까 제 말은, 정말 혼자 계셨냐고요."

미나는 요세핀의 표정을 신중하게 살폈다.

그녀는 자신의 직업에서 이런 부분이 아주 싫었다. 사람들의 지저분한 비밀, 추한 면을 알고 싶지 않았다. 그러나 알아야만 했다. 사람들이 저지르는 범죄는 사생활과 깊이 관련되어 있었다. 물론 사건과 관계없는 사생활은 모두 배제했다.

"네……. 혼자 있었어요. 그런 걸 왜 물으시죠?"

그녀는 미나와 루벤을 번갈아 바라봤다.

"다른 사람과 함께 있었다고 하더군요."

미나는 숨을 참았다. 크리스테르가 구스타프의 호화로운 호텔에 대해 이야기했을 때 미나는 요세핀이 엘러리 비치 하우스를 언급했던 일을 떠올렸다. 부자들을 위한 스톡홀름 호텔 중에서도 최신식 시설을 자랑하는 호텔이었다. 미나는 곁눈질로 루벤의 놀란 눈빛을 보고는, 입을 다물고 요세핀의 대답을 기다리라는 표시로 조심스럽게 고개를 끄덕였다. 사람들은 적막을 말로 채우고 싶어 하는 본능이 있다. 미나가 던진 질문 이후에 온 적막은 더욱 불편했다.

잠시 시간이 걸렸다. 결국 요세핀은 용기를 냈다.

"구스타프와 함께였어요."

"둘이…… 만난 지 얼마나 됐습니까?"

루벤이 물었다. 그가 몸을 뒤로 기대고 다리를 꼬았다. 그의 양말에 난 커다란 구멍이 미나의 눈에 들어왔다.

"별로 오래되지는 않았어요. 6개월쯤 됐나. 페테르 크론룬드 집에서 열린 하지 축제에서 시작됐죠. 그 사람은 회사의 세 번째 공동 출자자예요. 우린 좀 많이 마셨고, 욘은 원래 다른 임원과 시간을 보내기로 했던 스무 살짜리 인플루언서와 한방에 들어갔어요. 그리고 구스타프…… 구스타프가 나를 '본' 거예요."

"욘이 그 일을 알고 있었나요?"

미나가 물었다. 그녀는 굵은 눈송이들이 창가를 지나는 모습을 가만히 지켜봤다.

요세핀은 머리를 세차게 저었다.

"아니, 아니에요. 그는 절대 받아들이지 않았을 거예요. 분명히 상상도 못 했겠죠."

"구스타프에게 욘을 없애려 할 만한 동기가 있었다고 생각하십니까?"

루벤이 물었다.

"어머나, 아니에요. 구스타프는 살인자가 아니라고요. 그는 절대로 욘에게 나쁜 짓을 할 사람이 아니에요. 그리고 콘피도의 혼란스러운 상황도 틀림없이 정리될 테고요. 두 분 눈에 얼마나 지저분하게 보일지 알지만, 구스타프와 나는 불륜 관계 이상이에요. 욘이 사라진 후에 우리는 많은 이야기를 나눴어요. 그는 나에게 큰 힘이 되는 사람이고, 우린 미래를 함께할 거예요. 그에 앞서서 그가 일단…… 자기 가족 문제를 해결해야 하지만요."

"아하, 그래요?"

미나는 이제 경멸을 감추지 못했다.

"두 사람이 진정한 유대감을 쌓았다면 참 잘된 일이네요. 구스타프는 재정 상황 때문에 당신의 지원이 필요할 테니까요."

"그게 무슨 뜻인가요?"

요세핀이 당황해서 물었다.

"구스타프가 도박으로 재산을 탕진해서 말이에요."

미나는 최대한 지나가는 말처럼 아무렇지도 않게 말했다.

"이제 빚이 많거든요. 그런 사람을 받아 주신다니, 참 마음이 넓으시군요."

요세핀의 낯빛이 창백해졌다. 아무 말도 하지 못하고 그저 뭍에 올라온 물고기처럼 숨만 헐떡였다.

"시간 내주셔서 고맙습니다. 질문이 더 생기면 연락드리지요."

미나가 자리에서 일어났다.

미나와 루벤이 현관문 쪽으로 가서 신발을 신고 재킷을 입는 동안, 요세핀은 이삿짐 상자들 틈바구니에 그대로 앉아 있었다.

화려한 철제 격자문이 달린 삐걱거리는 엘리베이터가 고통스러울 정도로 느리게 1층으로 내려갔다. 미나는 숨을 참으며 김이 서린 거울에 자기 모습을 비춰 봤다. 짜증스럽게도 포니테일에서 머리카락 몇 가닥이 빠져나와 뺨에 흘러내려 있었다. 루벤은 오래된 거울에서 미나의 눈빛과 마주하고는 나지막하게 웃었다.

"구스타프가 요세핀과의 도박에서 으뜸 패를 낼 확률이 극적으로 악화됐겠군. 너한테 사디스트 기질이 있는 건 몰랐네. 무진장 재미있었어."

"다음에는 팝콘을 준비할 수 있도록 미리 얘기해 줄게."

미나가 대답했다.

"하지만 난 구스타프가 욘에게 절대로 나쁜 짓을 하지 않았을 거라는 요세핀의 말은 믿지 않아."

루벤이 말했다.

"어쩌면 둘이 공모했는지도 모르지. 구스타프와 요세핀이 말이야."

"나도 동의해. 그 둘을 더 자세히 살펴봐야겠어."

\*

문에 매달린 종을 보고 아담은 영화 〈멋진 인생〉을 떠올렸다. 엄마가 가장 좋아하던 영화인데, 두 사람은 크리스마스 당일에 늘 이 영화를 함께 봤었다. 그때 했던 대화도 기억이 났다. 문이 열리고 종소리가 날 때마다 엄마가 하던 말이 귓가에 들렸다. "종이 울리면 천사가 날개를 얻는단다."

이날 저녁 그는 천사가 날개를 얻을 거라는 생각은 들지 않았다. 어쨌든 이 초라한 인도 레스토랑에서는 얻지 못할 것이다.

"우리 둘이 같이 있는 모습을 보더라도 이상하게 생각할 사람은 없어. 우린 한 팀에서 일하는 사이잖아. 루벤과 크리스테르가 같이 점심을 먹는 거랑 마찬가지라고."

"나도 알아. 난 그저…… 조심스러운 거야."

율리아는 구리 팬에서 뜨거운 티카 마살라 커리를 거칠게 푹 떠내어 자기 접시에 담았다.

"토르켈이 이제 슬슬 다른 여자들을 둘러보는 게…… 좋은 신호 아닌가?"

아담은 이 주제가 살얼음판이라는 것을 잘 알았다. 그래서 조심스럽게 물었다.

마음의 지뢰가 그의 발밑에서 언제 터질지 모른다.

"좋은 신호라고? 어떤 점에서? 난 토르켈이 집에 앉아서 휴대폰으로 다른 여자들을 들여다보는 게 구역질 나는데."

아담은 아무 말도 하지 않았다. 대신 난을 한 조각 부러뜨려 진한 소스에 담갔다.

율리아는 현명한 여성이었다. 이것도 아담이 그녀를 사랑하는 이유 중 하나였다. 본인의 이중 잣대를 그녀 스스로도 아마 알 터였다. 마치 그의 이런 생각을 읽었다는 듯, 율리아는 포크를 내려놓고 손톱으로 식탁 상판을 두드렸다.

"알아, 안다고. 내가 주제넘게 이 일에 조금이라도 흥분하는 건 엄청난 위선이지. 불륜은 내가 저지르고 있으니까. 다른 사람과 자는 건 바로 나야."

아담은 여전히 아무 말도 하지 않았지만, 둘의 관계에 대해 그녀가 말하는 방식에 어쩔 수 없이 약간 상처를 받았다. 불륜. 다른 사람과 자는 것. 싸늘하고 사무적으로 들렸다. 특별한 무언가, 성적인 것을 훨씬 넘어서는 무언가로 연결된 두 사람에 대해 하는 말처럼 들리지 않았다. 그는 시간을 벌려고 난을 한 조각 더 떠어 소스에 담갔다가 입에 밀어 넣었다. 무슨 말을 해야 할지 정말 생각이 나지 않았다.

"음식이 입에 맞나요?"

종업원이 긍정적인 대답을 기대하는 표정으로 그들을 바라봤다. 두 사람은 미소를 지으며 고개를 끄덕였다. 사실이었다. 음식은 환상적으로 훌륭했고, 허름한 식당 인테리어와는 완전히 딴판이었다.

"아담, 이제 더는 모르겠어. 뭐가 옳고 그른지, 어디가 위이고 어디가 아래인지 모르겠다고."

"당신이 정말 원하는 게 뭔데?"

아담의 목소리는 부드러웠지만 그의 내면에서는 수천 가지 감정이 날뛰었다. 그는 자신이 어떤 대답을 듣고 싶어 하는지 정확하게 알았다. 그러나 그녀에게 강요하고 싶지 않았다. 율리아가 스스로 자신과 똑같은 것을 원하길 바랐다.

"그래, 네 말이 맞아. 하지만 난 정말 모르겠어."

율리아가 나지막하게 말했다.

"토르켈과 계속 이런 식으로 살 수 없다는 건 나도 알아. 그렇다고 해서 내가 하뤼의 가정을 깨도 되는 걸까? 나도 너와 함께하고 싶지만, 동시에 우리에게 닥칠 수많은 문제가 보여. 나는 토르켈이 행복했으면 좋겠어. 그런데 그 사람이 틴더로 다른 여자들에게 추근거리는 건 싫어. 이게 이중 잣대라는 거 알고 있어. 하지만 계속 화가 나고 실망스러워. 나도 그 사람을 속이고 있는데 말이야. 세상에, 아담. 사는 게 좀 덜 복잡할 수는 없을까? 가끔, 아주 조금만이라도?"

율리아는 조금이라는 말을 하면서 엄지와 검지를 아주 가까이 붙였다. 아담은 그녀의 손목을 단단히 잡았다. 누가 볼까 두려워서 율리아가 얼른 손을 떼어 내려고 했지만, 그는 다른 때와 달리 이번에는 그녀의 요구를 무시했다.

"율리아, 내 말 잘 들어. 우리에게 관심이 있는 사람은 여기 아무도 없어. 내가 하는 말을 당신이 다 들은 다음에 손을 놓아줄 거야. 맞아, 그건 엄청난 이중 잣대야. 사실 당신에겐 토르켈의 행위를 평가할 권리가 없어. 하지만 당신이 실망한 것도 이해해. 나라도 똑같이 반응했을 테니까. 아마 시간이 걸리겠지. 나는 아이가 없으니 그게 어떤 느낌인지 안다고 우길 수는 없어. 지금 나에게 중요한 건 이 말을 하는 것뿐이야. 내가 당신 옆에 있다는 말."

그가 율리아의 손을 놓았다. 율리아는 대답하지 않았지만, 잠깐 미소를 지었다.

문에 달린 종이 울렸다.

"종이 울릴 때마다 천사가 날개를 얻는대."

"뭐라고?"

율리아가 멍한 표정으로 아담을 바라봤다. 그는 어깨를 으쓱했다.

"아, 아무것도 아니야. 잊어버려. 식기 전에 먹자. 남기기에는 너무 맛있잖아."

\*

밀다는 로케가 뼈 하나를 세심하게 에어 캡으로 포장하고 전체를 다시 접착테이프로 감는 모습을 감탄하며 지켜봤다.

죽은 사람에 대한 존중은 그들의 직업에서 매우 중요했다. 말로는 무척 간단하지만, 사실 매일 시신이나 시신의 일부를 다루다 보면 금세 둔감해지기 마련이었다.

하지만 로케는 둔한 것과 거리가 멀었다. 그는 경외심을 가지고 오래된 해골을 다루었다. 마치 살아 있는 사람을 대하듯이 행동했다. 밀다도 로케처럼 하는 것이 옳다고 생각했다.

그는 포장한 뼈를 다른 뼈들 옆에 두었다.

"구닐라가 사건 발생 시기를 측정하는 데 시간이 얼마나 걸릴까요?"

그가 뼈들을 박스에 모두 담으며 물었다.

"그걸 알면 얼마나 좋겠어!"

밀다가 대답했다.

"구닐라는 최고의 법인류학자이니 분명 우리가 전혀 모르는 방식을 사용할 거야. 급한 사안이지만…… 최소한 이틀은 걸릴 테고 어쩌면 사흘이 걸릴지도 몰라. 휴일에 일할 동료들이 몇 명이나 있는가에 달렸겠지."

로케는 잘 포장한 두개골을 마지막으로 종이 박스에 넣었다. 밀다가 구닐라에게 가져갈 박스였다.

"왜 일부만 보내면 안 되는 거예요?"

그의 눈빛에서 불안감이 묻어났다.

"정말 다 필요하대요?"

"응. 나도 해골이 모두 함께 있는 편이 좋다고 생각해. 그러면 어떤 뼈로 작업할지 고를 수 있잖아. 그리고 구닐라 말고 크리스마스 기간에 뼈를 맡아 줄 사람이 어디 있겠어."

로케는 반박하고 싶은 눈치였지만 아무 말도 하지 않았다. 대신 박스를 닫고 세심하게 접착테이프로 봉했다.

"작업이 끝난 다음에는 우리한테 돌려주겠죠?"

그가 물었다.

"그래, 우리가 돌려받아."

"알겠어요. 우린 이 사람들을 잘 보살펴야 해요. 누군가는 '해야 할' 일이니까요. 무슨 일이 벌어졌는지 우리가 알지 못하는 한 말이에요."

밀다는 약간 재미있다는 표정으로 로케를 바라봤다. 그의 세심함에 감동해야 할지, 아니면 그의 정신 상태를 걱정해야 할지 알 수 없었다.

"해골이 멀리 가는 것도 아니잖아."

그녀가 말했다.

"구닐라는 우리와 같은 건물에서 일해. 운이 좀 따르면 시기를 알아내서 해골 신원 확인에 도움을 줄 수 있겠지. 어쩌면 빠른 시간 내에 모든 연관성을 파악하게 될지도 모르고."

"그 말이 맞기를 바라요."

로케는 각각의 작업대에 펼쳐져 있는 욘과 에리카와 마르쿠스의 해골을 훑어봤다.
"정말 그렇게 되길."

\*

미나는 찬장에서 커피 통을 꺼냈다. 통 안에는 필요한 양만큼 커피를 꺼낸 후에 다시 닫을 수 있는 밀폐 봉지가 들어 있었다.
"제가 그 일에 대해 생각해 봤거든요."
나탈리가 거실에서 큰 소리로 말했다.
"제가 엄마 집으로 옮기는 걸 아빠가 왜 그렇게 중요하게 생각했는지 아세요? 여기가 무척 마음에 들긴 하지만, 어딘지 모르게 너무 서둘렀단 말이에요."
"나도 너한테 바로 그걸 물어보려고 했어."
미나도 포트에 커피 가루를 채우면서 목소리를 높였다. 그런 다음 전기 주전자의 스위치를 켜고 연한 회색의 이딸라 찻잔 두 개를 찬장에서 꺼내 거실로 돌아갔다.
"아빠가 크리스마스 식사 때부터 아주 이상하다고 했잖아요."
나탈리가 말했다.
"갑자기 엄청나게 급하다는 듯이 행동했거든요. 도무지 이유를 모르겠어요. 신경도 날카롭고 뭔가 소리가 날 때마다 깜짝 놀랐어요. 지난여름 테러 이후에도 그 정도는 아니었는데. 제 생각에, 아빠한테 무슨 일이 있는 것 같아요."

미나가 잔을 탁자에 내려놓는데 작은 종이쪽지 한 장이 바닥에 떨어졌다. 나탈리가 미나의 주소를 적어 왔던 쪽지였다. 미나는 자신이 얼마나 이상한 사람인지 감추기 위해, 그 쪽지를 당장 치워 버리고 싶은 충동을 힘겹게 눌렀었다. 그러다 나탈리가 서재를 정리하면서 자신의 어두운 비밀을 모두 끄집어내는 바람에 쪽지는 머릿속에서 지워졌었다.

쪽지를 바닥에서 집어 들고 보니 뒷면에 인쇄가 되어 있었다. 명함 같았다. 그런데 이름 대신 전화번호와 반쪽이 찬 커다란 8자가 쓰여 있었다.

빈센트의 목소리가 미나의 머릿속에서 울려 퍼졌다. "숫자로 보다니, 재미있네요. 내 눈에는 다른 게 보이거든요. 모래시계요. 모래가 모두 아래쪽에 있어요. 그러니까 모래시계의 시간이 다 지났다는 뜻이죠."

미나는 자신이 그동안 기억 속에서 뭘 찾아 헤맸었는지 깨달았다. 이제 곧 다 지나갈 거라고 누가 말했더라.

니클라스.

니클라스가 그렇게 말했다.

"이게 뭐야?"

미나가 굳은 얼굴로 물었다. 나탈리는 어깨를 으쓱하더니 이마를 찌푸리며 명함을 좀 더 자세히 들여다봤다.

"이건…… 이런, 제가 주소를 여기에 썼는지 몰랐어요. 아빠가 알았다면 엄청나게 화를 냈겠네요. 이 명함을 본 적이 있어요. 우리가 크리스마스 식사를 할 때 아빠 의자 아래에 있었어요. 제가 그걸 버리려고 하니까 아빠가 엄청 화를 냈어요. 아빠 말로는 이 명함이 엄청 중요한 거래요. 그런데 바닥에 떨어져 있어서 이상하다고 생각했거든요."

미나는 차가운 손이 목을 조르는 느낌을 받았다. 그 식사 이후부터 니클라스는 스트레스가 심하고 긴장한 모습이었다. 성격 변화. 나탈리는 그 후에 명함을 발견했다. 전에는 보지 못했던 명함을.

지하철 터널 안의 뼈 무더기를 에워싸고 그려져 있던 부호가 찍힌 명함을.

미나는 불현듯 뭔가를 깨달았다. 니클라스에게 중요한 것은 나탈리가 여기 사는 게 아니라 '자기 집'에 살지 않는 거였다. 그는 딸을 보호하려 했던 것이다.

"전화를 한번 해 봐야겠다."

미나가 최대한 덤덤한 말투로 말했다. 그리고 업무용 휴대폰을 꺼내 번호를 입력했다. 세 번 신호음이 울린 후에 어떤 여성의 부드러운 목소리가 들려왔다.

"안녕하세요, 니클라스 스토켄베리."

자신은 니클라스 스토켄베리가 아니라고 말하려던 미나는 곧 그게 컴퓨터 프로그램이 만든 자동 응답기 소리임을 깨달았다.

"계약 기간 동안 우리 서비스에 만족하셨기를 바랍니다. 당신의 생존 시간은…… 9일…… 6시간…… 23분…… 남았습니다."

전화 연결이 끊어졌다. 미나는 옆에서 얼굴이 창백해진 나탈리를 빤히 바라봤다. 젠장, 애가 같이 들었구나. 미나는 다급하게 다시 한번 통화 버튼을 눌렀다. 틀림없이 오류일 것이다.

"안녕하세요, 니클라스 스토켄베리."

여성의 목소리가 다시 들려왔다.

"계약 기간 동안 우리 서비스에 만족하셨기를 바랍니다. 당신의 생존 시간은…… 9일…… 6시간…… 23분…… 남았습니다."

"이거 농담이죠. 아니에요?"

나탈리가 나지막하게 물었다.

"진담일 리가 없잖아요."

미나는 숨을 쉴 수가 없었다. 누군가가 목구멍에 흙을 채워 넣는 것 같았다. 그러나 나탈리가 이런 공포를 눈치채서는 안 되었다.

"내 생각에는 진담 같아."

미나가 얼른 일어나며 말했다.

"가자. 아빠에게 가야 해."

나탈리는 그대로 앉아 있었다. 아이의 시선이 흐릿해졌다.

"그래서 아빠가 그렇게 이상했던 거였어요."

그러더니 이내 단호한 표정으로 자리에서 일어났다.

미나는 안도의 한숨을 내쉬었다. 지금은 충격을 받은 누군가를 돌볼 시간이 없었다. 자신의 감정만으로도 벅찼다.

현관문으로 가는 동안 미나는 나탈리의 신발 바닥이 얼룩을 남기고 있음을 알아채지 못했다. 이제 그런 것은 아무 상관 없었다.

\*

레베카는 여행 가방을 거실에 두고 필요한 물건을 모두 챙겼는지 체크했다. 그러는 동안 빈센트는 부엌 문간에 서서 아이를 지켜보고 있었다. 거실에 발을 들이기가 꺼려져서 요즘은 꼭 필요할 때만 들어갔다. 특히 어항 위쪽 벽을 보지 않도록 조심스럽게 시선을 피했다. 자신의 태도가 얼마나 비이성적인지 스스로도 잘 알고 있었다. 그러나 두통은 오해의 여지가 없는 분명한 신호를 주었다. 심리적인 문제인지는 몰라도, 거실에만 오면 두통이 심해졌다. 원인을 알지 못하는 한 운명을 시험하는 일은 피해야 했다.

"짐 목록이 없어?"

빈센트가 물었다.

"네가 가져가려는 게 이것뿐일 리가 없잖아."

"기능성 내복, 스키복, 휴대폰, 여권."

레베카가 물건들을 하나씩 손가락으로 가리켰다.

"갈아입을 옷 몇 벌. 스키는 현장에서 빌릴 거야. 아빠가 보기엔 뭐가 빠진 것 같아?"

빈센트는 어깨를 으쓱했다. 그는 딸이 혼자 이렇게 잘 해내는 게 여전히 익숙하지 않았다. 1년 전만 해도 아이를 일주일 동안 외국으로 보낸다는 것은 상상도 못 할 일이었다. 하지만 아이들은 나날이 독립적으로 변해 갔다. 이제 얼마 안 있으면 그가 전혀 필요하지 않게 될 터였다. 그에게는 여전히 아이들이 필요한데 말이다.

레베카가 여행 가방을 닫는 동안 빈센트는 눈 덮인 정원과 그 뒤편 숲 가장자리를 내다봤다. 집은 겨울에 완전히 에워싸여 있었다. 모든 것이 흰색이었다. 창밖 눈 속에 검은 새 네 마리가 줄지어 앉아 있었다. 첫 번째 새와 다른 세 마리 사이에는 방금까지 한 마리가 앉아 있다가 날아간 것처럼 비어 있었다. 그는 새에 대해서 아는 게 전혀 없지만 아마 까마귀인 듯했다.

빈센트는 왠지 새들이 자신과 눈을 마주치고 있다는 느낌이 들었다. 새들은 미동도 없이 앉아 있었다. 자세히 살펴보니 부자연스러울 만큼 움직임이 없었다. 마치 박제된 듯했다. 빈센트는 엄지와 검지로 콧등 위쪽을 누르며 눈을 꾹 감았다. 누가 내 정원에 박제된 새들을 세워 둔단 말인가? 말도 안 되는 생각이다. 현실 감각을 잃지 않게 조심해야 한다. 이제 크리스마스까지 이틀밖에 남지 않았다. 그때가 되면 그림자의 위협이 닥칠 것이다.

이틀 안에 모든 준비를 마쳐야 했다.

"이제 가자."

레베카가 현관으로 향했다.

"그 전에 화장실만 잠깐 들를게."

그러는 사이 베냐민이 손에 든 물건에 시선을 고정한 채 방에서 나오다가 하마터면 가방에 걸려 넘어질 뻔했다.

"아빠, 아빠가 받은 잘린 엽서 기억하지. 여기 이건 웬 바보 같은 과속 방지턱이야?"

빈센트는 눈을 깜박거렸다. 아들이 무슨 말을 하는지 이해하는 데 시간이 좀 걸렸다.

"이상한 격언이 쓰여 있던 엽서 말이니?"

"어, 바로 그거!"

베냐민이 반쪽짜리 엽서 두 장을 흔들었다.

"그 문장의 출처를 알아냈어. 성경이야."

"성경 구절처럼 보이지 않던데."

레베카가 화장실에서 나왔다.

"하긴, 여성관이 창세기만큼 오래된 것 같긴 하더라. 아빠, 준비됐어?"

"어쨌든 성경 잠언에서 나온 말이야. 여기 몇 장 몇 절인지 적어 놨어."

베냐민이 빈센트에게 엽서를 건넸다. 아이는 색깔 펜으로 엽서 가장자리에 장과 절 번호를 깔끔하게 적어 두었다.

빈센트는 엽서에 적힌 글을 읽었다. 베냐민은 첫 번째 엽서의 "다투기를 좋아하는 여자는 비 오는 날 지붕에서 끊임없이 비가 새는 것과 같다"라는 글귀 옆에 잠언 27장 15절이라고 썼다. 두 번째 엽서의 "경솔하게 '이것은 거룩하다' 하여 함부로 서원하여 놓고 나중에 생각이 달라지는 것은 사람이 걸리기 쉬운 올가미이다"라는 문장 옆에는 잠언 20장 25절이라고 적혀 있었다.

"표준 새번역 성경에서 찾은 구절이야."

베냐민이 말했다.

"이해하기 쉬우면서도 이례적으로 히브리어와 아람어, 그리스어 원전 텍스트에 기반을 둔 번역이래. 지금까지 겨우 다섯 번 번역됐다고 하고."

레베카가 한숨을 내쉬고 말했다.

"아빠 신경을 다른 데로 돌리지 마. 그런 게 아빠를 자극한다는 거 오빠도 알잖아. 기차 놓치면 오빠한테 책임지라고 할 거야. 차라리 십자가에 매달리는 게 낫겠다고 생각하게 만들어 줄게."

빈센트는 아이들의 말에 집중할 수 없었다. 그는 자기도 모르게 장과 절의 숫자를 더하는 중이었다. 27장 15절과 20장 25절. 27 더하기 15 더하기 20 더하기 25는 87.

7월 8일.

엄마의 생일.

지금까지 엽서 발신인은 의문에 싸여 있었는데, 이제 완전히 확실해졌다. 그림자였다. 사실 줄곧 그런 예감이 들기는 했다. 그런데 이번에는 집이 아니라 쇼라이프 사무실에 직접 엽서를 갖다 두었다. 메시지는 의심할 여지가 없었다. 그는 빈센트의 일상생활을 파악하기만 한 것이 아니다. 빈센트가 머무는 장소에 남몰래 들어올 수도 있다는 것이었다.

아니, 왜 '그'라고 생각하지? 여자일 수도 있지 않나?

"아빠, 우리 출발해야 해!"

레베카가 현관에서 외쳤다.

빈센트가 정신이 팔린 사이에 아이는 이미 재킷을 입고 있었다. 그는 돌처럼 굳은 채 바짝 마른 입술로 그 자리에 서서 힘겹게 침을 삼켰다. 그림자가 언제든 이곳에도 침입할 수 있다는 뜻인가? 여기 내 집에도?

이제 혼자서는 해결하지 못한다. 미나에게 도움이 필요하다고 말해야 한다.

하지만 그렇게 하지 말라는 경고를 받았는데.

*당신이 경찰서로 간다고 해도 어차피 벌어질 일이야. 오히려 훨씬 더 빨리 벌어지겠지.*

적어도 마리아와 아스톤은 이제 집에 없다. 레베카도 곧 떠난다. 이들은 안전할 것이다. 베냐민을 어딘가로 보낼 시간이 하루밖에 남지 않았다. 그는 크리스마스이브에 집에 홀로 남아 자신을 괴롭히는 사람과 마주해야 한다. 현관에 있는 레베카에게 가기 전에 그는 마지막으로 다시 한번 창밖을 흘낏 내다봤다. 까마귀 네 마리가 여전히 그곳에 앉아 그를 빤히 바라보고 있었다.

\*

"걱정하지 마."

엄마가 말했다.

"걱정하지 말라고요? 엄마도 엄청 걱정하고 있잖아요."

나탈리는 화가 나서 엄마를 노려봤다. 어른들과 그들의 거짓말 때문에 미칠 것 같았다. 어른들은 자녀가 이제 더는 아이가 아니라는 사실을 모른다. 그리고 아직도 아이인 것처럼 말해서는 안 된다는 것도 모른다. 아빠만으로도 충분히 짜증이 났는데 엄마까지 그럴 필요는 없었다.

"주차 자리만 찾으면 돼."

미나가 주차할 곳을 찾느라 주위를 두리번거렸다. 그들 앞에 정부 청사가 웅장하게 솟아 있었다.

"주차장이라고요? 세상에, 지금 벌금이 중요해요? 그럼 제 저금에서 벌금을 낼게요."

"그렇게 나서지 마!"

미나는 빈자리를 발견하고, 능숙하면서도 우아하게 주차했다.

"죄송해요."

나탈리는 마지못해 사과하며 툴툴거렸다.

엄마와 다투고 싶지 않았다. 엄마와의 다툼은 여전히 어색했다. 아빠의 경우는 달랐다. 둘은 여러 해 동안 힘든 과정을 거치면서 사이가 좋아졌고, 경계를 정했으며, 뭐가 허용되고 뭐가 안 되는지 서로 정확하게 알고 있었다. 그에 비해 엄마는 미지의 세계였다.

"가자."

미나는 거칠게 문을 닫고 내리다가 하마터면 빙판에 미끄러질 뻔했다.

"이제 슬슬 스파이크가 필요하신가 봐요?"

나탈리는 분위기를 띄우려고 킥킥거렸다.

"흥, 아주 재밌구나. 내가 다리가 부러져서 꼼짝도 못 하는 바람에 네가 날 씻겨야 하면 웃음기가 가실 거야."

"그냥 머리부터 발끝까지 소독제를 뿌릴게요."

"어휴, 입 다물어."

미나가 미소를 지으며 바라보자 나탈리는 마음이 따뜻해졌다. 이 따뜻한 느낌이 고통스러운 걱정을 조금 덜어 줬다. 나는 혼자가 아니다. 엄마가 있다. 게다가 엄마는 경찰이다. 우리는 아빠가 무슨 일에 말려들었는지 알아낼 것이다. 우리가 아빠를 구해야지. 나탈리와 미나, 놀라운 2인조가.

두 사람은 무거운 나무 문을 지나 보안 검색을 통과했고, 나탈리는 미로 같은 복도로 엄마를 능숙하게 안내했다.

토르는 두 사람이 다가오는 것을 보고 무슨 일이냐는 듯이 눈썹을 치켜세웠다.

"정말 깜짝 방문이네요! 온 가족이 오다니! 니클라스 장관님은 어디 계신가요? 제가 장관님을 위해 하루 종일 변명거리를 만들어야 하는 상황이라서요."

"여기 안 계세요?"

나탈리가 물었다.

심장이 바닥으로 떨어졌다. 나탈리는 늘 그렇듯이 아빠가 집무실에 있을 거라고 짐작했다. 나탈리와 미나가 니클라스나 토르에게 전화해도 연결이 되지 않았지만 그건 드문 일이 아니었다. 법무부 장관은 중요한 일정이 가득하니 가족이 통화를 원한다고 해도 매번 전화를 받을 수 있는 형편이 아니었다. 나탈리는 경험으로 그 사실을 알고 있었다. 그래서 아빠가 업무 중이라 바쁠 거라고 생각했다. 아주 바쁠 거라고.

"두 사람과 같이 있는 줄 알았는데."

토르가 불안한 표정으로 의자에서 엉거주춤 몸을 일으켰다.

"집에도 안 계시더라. 무슨 일이 생겼나? 두 사람 얼굴을 보니 그렇군. 무슨 일이야?"

나탈리는 토르 책상 앞에 있는 방문객용 의자에 털썩 주저앉았고, 미나도 그 옆에 앉았다. 나탈리가 엄마에게 고개를 끄덕였다. 미나는 주머니에서 명함을 꺼내 떨리는 손으로 토르에게 내밀었다.

"이 번호로 전화 걸어 봐요."

"이 번호…… 이게 뭔가요? 게임이에요? 지금 이럴 시간이 없습니다. 장관님을 찾아야 해요. 오전에 일정을 벌써 세 개나 놓쳤습니다. 전 장관님께 정신없이 전화를 걸고 집에도 가 봤어요. 그러다가 업무를 팽개치고 두 분과 좋은 시간을 보내고 계신 거라 생각했죠. 얼마 전부터 장관님이 완전히 달라졌는데, 전 그게 두 분…… 상황과 연관이 있을 거라고 짐작했거든요."

그가 침착하지 못한 표정으로 손을 내저었다.

"제가 아저씨한테 전화했어요!"

나탈리가 말했다.

"아마 백 번쯤 했을 거예요! 그런데 전화를 안 받았잖아요!"

"아니, 내가 너에게 전화했어. 그런데 네가 전화를 받지 않았지!"

토르는 약간 짜증이 난 얼굴로 대답했다. 나탈리는 반박하려고 입을 열다가 뭔가 생각이 났다.

"제 배터리가 떨어져서 엄마 휴대폰으로 전화했어요."

나탈리가 기죽은 목소리로 대답했다. 토르는 고개를 끄덕였다.

"모르는 번호로 몇 번이나 전화가 오더라니. 난 그런 번호로 오는 전화는 받지 않아."

"지금 이럴 시간이 없어요."

미나가 토르를 빤히 노려봤다.

"명함에 적힌 그 빌어먹을 번호로 얼른 전화해요."

토르는 이 뻔뻔한 말을 일단 납득해야 한다는 듯이 심호흡을 한 후, 휴대폰을 들고 독서용 안경을 쓴 다음 번호를 입력했다. 전화기에 귀를 기울이는 동안 그의 낯빛이 점점 창백해졌다.

"이게 뭐죠?"

그가 휴대폰을 내려놓고 안경을 벗었다.

"니클라스가 누군가에게서 받은 명함이에요."

"초인종이 울렸을 때 말이에요!"

나탈리가 불쑥 목소리를 높였다. 이제야 그게 생각났다.

"우리가 크리스마스 식사를 함께할 때요. 그때가 분명해요. 그때부터 아빠가 이상해졌어요."

엄마가 고개를 끄덕이자 나탈리는 스스로가 자랑스러웠다. 내가 수수께끼를 풀었다. 진짜 경찰처럼.

"아니, 잠깐만."

토르가 신음했다.

"이게…… 무슨 뜻이지? 진짜예요?"

그는 명함을 손에 들고 자세히 살펴보다가 다시 내려놓았다.

"몰라요. 하지만 아빠가 지금 어려움에 처한 것 같아요. 전화도 안 받아요. 우린 아빠가 어디 계신지도 모르고요. 그 끔찍한 자동 응답기 내용은 아저씨도 직접 들었잖아요. 뭔가 일이 벌어진 게 틀림없어요!"

나탈리는 자기 목소리가 얼마나 애절하게 들리는지 스스로도 알았지만, 이제 더는 불안을 억누를 수가 없었다.

"나탈리 말이 옳아요."

미나가 심각한 표정으로 토르를 바라봤다.

"내 생각에도 뭔가 일이 벌어진 것 같아요."

토르는 한동안 침묵했다. 머릿속으로 다양한 시나리오를 떠올리는 듯했다. 그러고는 미나를 보지 않고 바로 전화기를 들었다.

"보안 경찰 국장에게 전화해야겠어요. 분명히 별일 아닐 겁니다."

그러나 그의 어투는 안심시키려는 말과는 거리가 멀었다.

\*

"급한 일 같던데요."

빈센트는 몸이 느끼는 불안한 감정에 대한 통제력을 잃지 않으려 안간힘을 썼다. 머릿속으로는 자기 삶의 기이한 사건들에 미나가 연루될지도 모른다는 걱정을 늘 해 왔다. 미나는 감라 스탄의 어느 텅 비다시피 한 레스토랑 제일 뒤편 구석에 앉아 있었다.

미나는 그가 옆에 와서 앉는데도 눈길을 들지 않았다. 그의 심장이 거칠게 뛰었다. 그림자가 미나에게도 연락을 했나? 그 생각을 하자 주변에 마구 주먹을 휘두르고 싶었다.

미나가 그에게 말없이 명함 한 장을 내밀었다. 지저분한 식탁 상판에 떨어진 부스러기가 신경 쓰이지 않는 듯했다. 그 명함이 정말 중요한 모양이었다.

"이게 뭐예요?"

그가 명함을 집어 들었다.

두툼한 종이. 좋은 품질. 값비싼 비용.

"그 번호로 전화해 봐요."

미나가 말했다.

이윽고 종업원이 껌을 씹으며 어슬렁어슬렁 다가왔다.

"주문하시겠어요?"

그녀가 식탁 위 목제 스탠드에 꽂힌 메뉴판을 가리켰다.

"우유 넣지 않은 커피 한 잔 부탁합니다."

빈센트가 뭘 주문할지 묻는 표정으로 미나를 봤다. 미나는 고개를 저었다.

종업원이 툴툴거리며 부엌 쪽으로 갔다.

빈센트는 주머니에서 휴대폰을 꺼내 전화번호를 눌렀다. 미나가 갑자기 몸을 돌려 종업원을 불렀고, 그녀는 마땅치 않은 표정으로 그들에게 돌아왔다.

"마음이 바뀌었어요. 샤블리 한 잔 주세요. 큰 잔으로요."

오후부터 와인이라. 빈센트는 미나의 이런 모습을 처음 봤다. 무슨 일이 벌어진 게 틀림없었다.

전화기에서 여자 목소리가 울려 퍼졌다. 빈센트의 귀에 자동 응답기 멘트가 들려왔다.

"안녕하세요, 니클라스 스토켄베리. 계약 기간 동안 우리 서비스에 만족하셨기를 바랍니다. 당신의 생존 시간은…… 9일…… 3시간…… 13분…… 남았습니다."

빈센트는 휴대폰을 식탁에 내려놓고 명함을 미나에게 돌려줬다. 미나가 그를 심각한 표정으로 바라봤다.

종업원이 커피 한 잔과 거대한 와인 잔을 가지고 왔다.

"이 명함 어디서 났어요?"

빈센트가 종업원에게서 뜨거운 커피 잔을 받아 들며 물었다. 커피는 아주 오랫동안 커피메이커에 들어 있었던 듯했다. 표면에 기름이 떠 있고, 타르를 태운 냄새를 풍겼다.

"니클라스가 얼마 전에 택배 기사에게서 받았어요. 내가 그 사람과 나탈리의 집에서 크리스마스 식사를 하고 있을 때."

"누가 이 명함을 보냈는지 당신은 몰라요? 니클라스는 뭐라고 해요?"

미나는 와인을 크게 한 모금 마셨다. 그녀가 얼마나 흥분했는지 이제 모르려야 모를 수가 없었다. 식기세척기 안을 구경한 지 한참이나 된 것 같은 와인 잔에 지문이 아주 많이 찍혀 있었는데, 미나는 신경도 쓰지 않았다.

"니클라스는 아무것도 아니라는 듯이 행동했어요. 아무에게도 이 일에 대해 말하지 않았고요. 경찰에게도, 자기 경호

팀에게도. 근데 이젠 그가 실종됐어요. 빈센트, 이게 대체 무슨 일일까요?"

"모르겠어요."

그가 신중하게 대답했다.

"이유를 수천 가지는 댈 수 있겠죠. 니클라스의 지위를 빌미로 그를 협박하는 정신병자, 선 넘은 장난을 치는 유튜버, 어느 비밀 단체 회원의 '상징적인 의식' 등등 수없이 많아요."

"정말 엄청나게 도움이 되네요."

미나가 한숨을 내쉬었다.

"장난이라고요? 그 자동 응답기 멘트가 정말 그렇게 들려요? 그럼 명함에 있는 부호가 왜 지하철 뼈 무더기를 에워싼 부호와 똑같은 거죠?"

"나도 몰라요."

그는 미나의 불만을 모른 척하기가 힘들었다.

"그런데 똑같은 부호인지는 확실하지 않아요. 우리 뇌가 너무 열심히 연관성을 찾다 보니 그렇게 해석하는 건지도 모르죠. 우리가 바닥에서 본 건 사실 두 개의 원밖에 없어요."

"우리 뇌가…… 연관성이 '없다'고 보는 게 더 맞을 것 같아요? 당신 자신도 그렇게 믿지 않잖아요!"

그는 대답 대신 커피를 살짝 맛보았다. 보이는 모습이나 냄새만큼 구역질 나는 맛이었다.

"그래요."

그가 대답했다.

"이유는 말하기 어렵지만 사실은 나도 이 모든 것이 서로 관련되어 있다는 생각이 들어요. 그건 그렇고 이 멘트를 들으니 왠지 모르게 《파우스트》가 떠오르네요."

"파우스트? 어떤 점에서요?"

미나가 와인을 크게 한 모금 더 마셨다. 빈센트는 와인 잔 상태가 어떤지 말해 줄까 고민하다가 그러지 않기로 마음먹었다.

"파우스트도 어떤 점에서 보면 특정한 서비스를 받는 대신 시간을 빼앗기는 사람의 이야기니까요. 하지만 이건 어쩌면 별 의미 없는 연상이고, 고장 난 내 시냅스가 장난을 치는 걸지도 모르죠."

"난 파우스트에 대해 잘 몰라요. 악마가 나오는 거 아니던가요?"

"맞아요. 악마가 중요한 역할을 해요. 하지만 파우스트에서 실제로 중요한 것은 시간, 그리고 우리가 삶을 어떻게 살아야 하는가에 관한 문제예요. 어쨌든 내 해석은 그래요. 이 작품의 원전은 파우스트라는 젊은이가 메피스토펠레스, 그러니까 악마에게 자신의 영혼을 팔았다는 독일 민담이에요. '파우스트적이다'라는 형용사 단어도 이것과 관련이 있죠. 권력과 성공을 얻으려고 한동안 자신의 도덕적 가치를 포기하는 야심가를 묘사할 때 쓰는 말이에요."

"왜 자기 영혼을 팔아요? 그 대신 뭘 얻는데요?"

걱정으로 심각해진 미나의 미간에 주름이 생겼다. 빈센트는 그 주름이 매력적이라고 생각했다.

"흐음, 그가 힘들어하던 시기에 악마가 나타나서, 죽은 뒤에 영혼을 자기에게 넘겨준다면 온갖 아름다운 것과 놀라운 것을 경험하게 해 주겠다고 약속해요."

"그래서 뭘 해요?"

"악마 말이에요?"

"아니, 파우스트요. 악마가 제안한 기회로 뭘 해요?"

"안타깝게도 별로 하는 게 없어요."

빈센트는 커피를 한 모금 더 마실까 고민하다가 그냥 잔을 밀어 냈다.

"파우스트는 권력과 사랑, 삶의 의미를 좇아요. 점점 더 많은 것, 뭔가 새로운 것을 원하면서도 한편으로는 두려움에 지배당하죠. 그리고 자신의 길을 가면서 수많은 사람에게 부당한 일을 행하지만, 파우스트 민담 관련 작품 중 가장 유명한 괴테의 작품에서는 파우스트가 거기에 대한 책임을 별로 지지 않아요. 괴테에게 메피스토펠레스는 프랑스 혁명의 상징이었다고 해요. 하지만 대부분의 문예학자는 메피스토펠레스를 파우스트의 또 다른 자아, 다시 말해서 그가 원하지 않았던 성격상의 특성으로 간주하죠."

"〈파이트 클럽〉에서처럼요?"

미나가 눈을 빛내며 물었다.

"〈파이트 클럽〉이요? 흥미로운 비교네요. 그 영화가 대중문화 작품 중에 정신 질환을 탁월하게 묘사한 작품이라는 거 알아요? 주인공이 해리성 인격 장애를 앓고 있잖아요."

"해리…… 뭐라고요?"

"들어 봤을 거예요. 예전에는 다중 인격 장애라고 불렸죠. 인격의 일부가 분리되는 건데, 흔하지는 않아요. 이 병을 앓는 사람들은 자기가 누구인지 모를 때가 많고, 자기 행동을 통제할 수 없다고 느껴요. 하지만 그 영화는 해리성 인격 장애의 기저에 대체로 어린 시절의 심각한 트라우마가 있다는 사실을 놓치고 있어요. 화가인 킴 노블의 경우가 유명한데, 그녀는 어린 시절의 학대 때문에 100가지 인격이 생겼대요. 그들 중 대부분의 인격이 유년기의 끔찍한 경험을 기억하지 못해요. 그런 식으로 그 경험으로부터 자신을 보호하는 거예요."

그가 말하는 동안 미나는 와인을 거의 다 마셨다.

"이 분야에 대해 잘 아는 것 같네요."

미나가 말했다. 빈센트는 어깨를 으쓱하고 대답했다.

"아주 흥미롭다고 생각해요. 뇌는 우리의 가장 큰 적인 동시에 가장 좋은 친구죠. 우리를 보호하기 위해 놀라운 일들을 생각해 내요. 아까 말한 것처럼 메피스토펠레스는 어쩌면 파우스트의 인격 중 분열된 일부인지도 몰라요. 심리학자 노먼 F. 딕슨이 했던 말대로라면, 우리의 가장 큰 적은 이따금 우리 자신이에요."

미나가 와인 잔을 손가락 사이에 끼고 돌렸다.

"자동 응답기 멘트가 파우스트를 연상시킨 다른 이유가 있어요?"

"아뇨. 그냥 시간이 흐른다는 얘기 때문이었던 것 같아요. 그리고 서비스라는 말도요."

"시간이 다 지나가면 악마가 니클라스의 영혼을 얻는다는 뜻이에요?"

미나가 물었다. 빈센트는 그 질문의 행간에 담긴 뜻을 명확하게 알았다.

불안이 가득한 미나의 시선이 그를 향했다. 빈센트는 그녀에게 거짓된 안도감을 주고 싶지 않았다. 미나는 정직한 대답을 들을 자격이 있었다.

"파우스트는 그저 이야기일 뿐이에요. 그리고 니클라스를 찾을 시간이 아직 며칠 있잖아요."

이것도 사실이었다.

"시간 이야기가 나와서 말인데, 나 이제 나탈리가 기다리고 있는 집으로 가야 해요."

미나가 휴대폰을 흘낏 보고 말했다.

"집에 아이 혼자서 너무 오래 있으면 안 돼요. 도움이 될 만한 게 떠오르면 바로 전화해 줘요."

미나는 남은 와인을 마시려고 잔을 들다 말고 동작을 멈췄다.

"이런, 세상에. 잔이 이게 뭐야?"

그리고는 불에 덴 듯 손을 뗐다. 잔이 탁자에 떨어지면서 쏟아진 와인이 천천히 빈센트 쪽으로 길을 내며 다가갔지만, 미나는 전혀 아랑곳하지 않았다. 그녀가 빈센트를 뚫어지게 노려보며 물었다.

"혹시 이거 봤어요? 왜 아무 말도 안 했어요?"

빈센트가 몸을 비틀었다. 무슨 행동을 하든 다 잘못이 될 것이다.

"계산은 내가 할게요. 얼른 집에 가요."

미나는 그에게서 시선을 떼지 않은 채 물티슈로 입을 닦았다.

그리고 그녀는 자리를 떠났다. 빈센트는 휴대폰으로 전화를 걸어 그 상냥한 여성의 목소리를 다시 한번 들었다.

자동 응답기 멘트 뒤에서 메피스토펠레스의 악마 같은 웃음소리가 들려왔다.

## *8일 전*

그들이 밀다나 로케와 약속하지 않은 채 법의학연구소에 오는 것은 이번이 처음이었다. 미나가 손잡이에 손을 대지 못하고 한참이나 머뭇거리자 결국 빈센트가 손잡이를 잡고 아래로 내렸다.

가냘픈 금발 중년 여성이 다가왔다. 그녀의 눈빛은 유쾌하고 활기찼다. 이 건물이나 이곳의 목적과 예리한 대조를 이루는 생기를 내뿜었다.

"법인류학자인 구닐라 스트룀크비스트입니다."

그녀는 자기소개를 하면서도 악수를 청하지 않았다. 미나는 안도했다.

그건 그렇고, 미나는 이 관습을 도대체 이해할 수가 없었다. 악수는 박테리아 전파 및 기타 불편함을 내포한, 전혀 불필요한 스킨십이었다. 정중하게 거리를 두고 고개 숙여 인사하는 일본인들이 훨씬 나았다. 이 관습이 더 위생적일 뿐 아니라 품위도 있었다.

"들어오세요. 지저분해서 죄송합니다. 이제 곧 은퇴하게 돼서 짐을 싸는 중이거든요."

미나는 놀라서 눈썹을 치켜세웠다. 50대 중반쯤이라고 생각했지, 벌써 60세가 넘었으리라고는 상상도 하지 못했다.

"얼른 좀 치울게요. 그러면 앉을 데가 있을 거예요."

책상에는 물건이 너무 많이 쌓여 있어서 상판이 보이지도 않았다. 구닐라는 책상 앞쪽 의자 두 개에 놓여 있던 기이한 물품들을 치웠다. 종을 알 수 없는 동물의 두개골, 심장 석고 모형, 파리에 관한 책, '데스 록스Death rocks'라는 문구가 쓰인 티셔츠가 아래에 깔려 있었다.

"아이고, 세월이 흐르는 동안 별별 것들이 다 모였어요."

구닐라가 경쾌하게 말하고는 방 한가운데에 활짝 열려 있는 이삿짐 상자에 물건들을 아무렇게나 던져 넣었다.

"이 일을 하다 보면 섬뜩한 억지 유머가 깃든 선물을 자주 받는답니다. 경찰이시니 제 말이 무슨 뜻인지 아마 아시겠지요. 이런 직업을 오래 하면 독특한 쪽으로 유머가 발달해요."

"유머라는 단어의 어원이 라틴어 '후모레스'라는 사실을 아시나요? 후모레스는 액체라는 뜻이지요."

빈센트가 말했다.

"고대 의술에서는 인간의 체온이 체액과 관련이 있다고 믿었죠. 유머는 한편으로는 명랑한 감각으로, 다른 한편으로는 존재의 불완전한 면을 인정하는 능력으로 해석됩니다. 이는 구닐라 씨의 업무에도 어울리지요. 존재의 불완전함이라는 면에서요. 하지만 유머는 또한 기이하면서도 재미있는 아이디어와 사건과 상황을 발견하고 평가하는 데 기반을 둔 감성적이고 인지적인 과정이라고 묘사할 수도 있어요. 그리고 마지막으로 중요한 점이 하나 더 있습니다. 유머는 미국 정신질환 진단 및 통계 편람인 DMS-5에서 방어 기제로 간주된다는 거예요. 이 방어 기제는 불편한 부분의 재미있거나 역설적인 관점을 밝힘으로써 정서적 갈등과 스트레스 요소에서 우리를 보호해요. 이 티셔츠가 탁월한 본보기죠. '데스 록스'. 우린 모두 이게 맞지 않는다는 걸 알지만 바로 그 점에서……."

"빈센트, 알아들었어요."

미나가 방어하듯 손을 들었다.

"아주, 아주 흥미롭군요."

그사이에 의자 두 개를 정리한 구닐라가 말했다. 그리고 책상 앞에 앉았는데, 여러 군데에 쌓인 책 무더기 때문에 금빛 머리카락을 빼고는 몸이 모두 가려졌다.

"이런, 좋은 아이디어가 아니었네요."

구닐라가 일어나 책들도 상자에 던져 넣고 다시 앉았다.

"자, 어디까지 이야기했나요? 아, 그래요. 밀다가 저에게 보낸 뼈 때문에 오셨지요. 그건 그렇고, 이번 건이 제가 여기서 맡은 마지막 업무인데 정말 흥미진진합니다. 그동안 본 게 많지만 이런 건 처음이에요."

"다른 유골들은 모두 신원 확인이 됐습니다."

미나가 말했다.

"신원 미상 유골의 연령대를 알려 주신다면 아주 큰 도움이 될 것 같아요."

"문제없습니다."

미나는 몸을 뒤로 기대다가 의자의 쿠션 부분에서 뭔가를 느꼈다. 엉덩이 밑에 손을 넣어 보니 가늘고 딱딱한 물체가 만져져서 꺼내어 살펴봤다. 그게 뭔지 깨닫는 데에는 잠깐 시간이 걸렸다.

"거기 있었네! 오스카르의 손가락!"

구닐라가 몸을 숙여 미나의 손에서 뼈를 가져갔다. 미나는 그 장면을 흥미롭게 지켜보던 빈센트와 시선을 교환했다.

"오스카르라고요?"

미나는 답을 알고 싶지 않은 질문을 던졌다.

"우리 팀의 해골이에요. 동료들을 사이 좋게 해 준답니다. 일종의 마스코트라고 보시면 돼요."

그녀가 뼈를 책장에 놓았다.

"오스카르는 데려가지 않아요. 동료들이 보고 싶어 할 테니까요."

"뼈가…… 진짜인가요?"

미나는 정말로 그 답을 알고 싶은 건지 여전히 확신하지 못한 채 물었다.

"당연히 아니죠. 아니, 진짜인가?"

구닐라는 윙크를 하고는 바로 진지한 표정으로 바뀌었다.

"터널 안에서 발견된 뼈. 일단 육안으로 고관절 마모를 봤을 때는 사망 당시 나이를 40세에서 50세 사이로 추정했어요. 그 후에 정확한 시기를 알기 위해 방사성 탄소 측정법을 사용했죠. 아마 아시겠지만, 이 방법으로 아주 정확한 결과를 얻어낼 수 있어요. 특히 '핵무기 효과'를 함께 감안하면 말이죠."

"핵무기 효과요?"

미나는 구닐라의 말을 전혀 알아들을 수 없었다.

빈센트가 헛기침을 하고 말했다.

"재미있는 주제가 나왔네요. 1955년까지 세계의 방사성 탄소 수치는 일정했어요. 그러다가 강대국들이 핵무기를 실험하기 시작했죠. 미나, 당신도 솟아오르는 버섯구름과 그걸 마치 소풍이라도 나온 듯 구경하는 선글라스 쓴 사람들 사진을 기억할 거예요. 이 폭발의 부작용은 대기 중에 방사성 탄소 수치가 급격하게 증가한다는 거였어요. 이걸 오늘날에는 방사성 탄소 측정법에 이용하게 되었고요. 안 그런가요?"

"브라보!"

구닐라는 감탄하며 빈센트에게 인정한다는 눈빛을 보냈다.

"완벽하게 맞았어요. 지상에서 더는 핵무기 실험을 하지 않으면서부터 방사성 탄소 수치는 감소했어요. 방사성 탄소는 생물 생활권의 우주 광선에 의해 만들어지고 식물의 광합성

과정에서 흡수되는 방사능의 탄소 동위 원소예요. 식물을 먹음으로써 우리 몸에 동위 원소가 들어오지요. 세포가 분열할 때 탄소 원자와 방사성 동위 원소를 저장하고, 이런 과정을 거쳐 명백한 탄생 도장이 만들어집니다."

구닐라의 설명은 내용을 따라가기 힘든 미나만을 위한 것이었다.

"방사성과 비방사성 동위 원소 비율에 따라 생물학적 물질의 연대가 측정돼요. 2년 정도의 오차만 있을 뿐 대체로 정확합니다."

"핵무기 효과는 베른 모델과 100퍼센트 일치하지는 않아서 논란이 있죠."

빈센트의 말에 구닐라는 손을 내저었다.

"우리 목적을 위해서는 충분해요."

"뼈로 검사하신 건가요?"

미나가 물었다. 구닐라가 고개를 저었다.

"아니요. 이 경우에는 치아를 검사했습니다."

미나의 머릿속에서 모든 것이 빙빙 돌았다. 당장 요점으로 건너뛰고 싶었지만, 과학자들을 많이 상대해 본 경험으로 이들은 자신의 사고 과정을 하나하나 설명하고 싶어 한다는 사실을 잘 알고 있었다.

"1963년에는 핵 오염이 최고조였어요. 당시에 대기 중 방사성 동위 원소 수치는 평소의 거의 두 배였지요. 그때 이후로 다시 감소합니다. 매해의 수치를 알면 이런 식으로 치아의 나이를 특정할 수 있다는 뜻이에요. 1955년 이후에 만들어진 치아에는 높은 수치가 저장됐어요. 하지만 그보다 13년 일찍, 그러니까 1942년에 태어난 사람들도 사랑니에서는 방사성 동위 원소 수치가 무척 높게 나타난답니다."

"사랑니는 마지막에 생기니까요."

미나가 생각에 잠긴 채 말했다.

"아주 정확해요."

"그래서 어떤 결론에 도달하셨나요?"

"이미 말했듯이 연대는 오차가 2년이에요. 이 경우에는 대략 1960년이라고 할 수 있어요. 그런데 그가 언제 사망했는지도 알고 싶어 하셨잖아요. 그래서 갈비뼈를 살펴봤어요."

"갈비뼈를요?"

미나가 물었다.

"네. 아시겠지만 우리 몸의 모든 세포는 일정한 주기로 교체돼요. 뼈대도 마찬가지입니다. 계속 새로워지지요. 우리 갈비뼈는 숨을 쉬어야 하니 특히 부드럽고 구멍이 많아서 이 과정이 더 빠르게 일어나요. 약 10년이 걸리죠. 이 갈비뼈는 남자가 대략 40세였던 1998년에 탄소 동위 원소를 저장했어요. 그러니 그는 1998년에서 2008년 사이에 사망했을 거예요."

"어떻게 그런 결과가 나왔나요?"

"말씀드렸듯이 갈비뼈는 10년마다 교체되니, 2008년에는 그가 살아 있지 않았다고 볼 수 있어요. 살아 있었다면 탄소 동위 원소 저장 시기가 다르게 나왔을 거예요. 물론 이게 아주 정확한 것은 아니니 절대적인 것으로 받아들여서는 안 됩니다. 더 정확한 사망 연도를 알고 싶으신 거 알아요. 다행히 몇몇 뼈에 이끼가 자랐는데, 이 이끼들은 20년 정도는 됐더군요."

"그러니까 뼈가 터널에 최소한 20년은 있었다는 뜻이군요. 그렇다면 사망 연도가 2008년보다는 1998년에 더 가깝겠어요."

빈센트가 말했다.

"그렇습니다."

"고맙습니다. 저희에게 큰 도움이 됐어요."

"정말 대단하시네요."

빈센트가 크게 감탄하자 구닐라의 얼굴이 빛났다.

그녀가 활짝 웃자 눈가의 잔주름이 아름다운 부채꼴 모양으로 촘촘해졌다.

"아휴, 난 여기가 무척이나 그리울 것 같아요. 다행히 손주가 일곱 명이라서 심심할 틈은 없겠지만요."

\*

토르는 전화기를 귀에서 조금 떼고, 욱하지 않으려고 속으로 다섯까지 셌다.

"아니요, 장관님은 아직 세미나에서 돌아오지 않으셨습니다."

그가 수화기 저편의 기자에게 말했다.

"어제 인터뷰가 예정되어 있었다는 것 알고 있습니다. 하지만 사정이 생겼어요. 유감스럽지만 오늘도 마찬가지입니다……. 네, 맞습니다……. 고맙습니다. 내일이 크리스마스이브라는 사실은 저도 압니다. 하지만 법적으로 안전한 사회를 건설하는 일은 크리스마스에도 쉬지 않습니다……. 믿으셔도 좋아요. 네…… 고맙습니다."

그는 통화를 마치고 휴대폰을 책상에 조심스럽게 내려놓았다. 그리고 검지로 휴대폰을 이리저리 밀어 책상 모서리와 평행이 되게 맞추었다. 그런 다음 인체 공학적으로 디자인된 사무실 의자 등받이에 등을 기대고 온 힘을 다해 고함을 질렀다.

그가 채용한 경호원 에곤이 사무실로 곧장 달려왔다.

"아무것도 아니야."

토르가 말했다.

"그냥 좀…… 답답해서 그래."

삭발한 머리에 턱이 앞으로 나온 에곤이 짧고 힘차게 고개를 끄덕였다. 토르는 단체로 액션 영화를 관람하는 것이 보안 경찰 양성의 중요한 요소일 거라는 생각을 이따금 했다. 직원들은 자기 직군의 대중문화적 인식을 내면화한 것처럼 보였다. 온갖 유치한 점들을 포함해서.

"자네들에겐 해야 할 일이 있었어."

토르가 한숨을 내쉬었다.

"딱 한 가지 일. 니클라스 스토켄베리를 안전하게 지키는 것. 그런데 왜 그분이 24시간째 흔적도 없이 실종된 거지?"

"저도 모르겠습니다."

에곤이 대답했다.

"하지만 만약 장관님이 도시를 떠나셨다면 어디 계신지는 금방 알게 될 겁니다. 지금 주변 100킬로미터 내의 모든 교통 감시 카메라 정보를 분석하는 중입니다. 공식적으로는 존재하지 않는 영상들이죠. 도시를 빠져나간 차량의 번호판 데이터도 확보해서 경찰의 협조를 받아 조사하고 있습니다."

토르는 휴대폰의 위치가 마음에 들지 않아 다시 손을 봤다. 휴대폰에 손가락 끝만 가져다 대고 정확히 90도를 돌렸다.

"장관님이 아직 도시 내에 계신다면?"

토르가 이맛살을 찌푸렸다.

"어디 계시든 저희가 찾아낼 겁니다. 약속드립니다."

에곤은 다시 고개를 힘차게 끄덕였다.

"그럼 서둘러."

토르가 말했다. 그의 휴대폰이 또 울렸다.

"기자 떼거리가 이미 사건 냄새를 맡았어. 지금 이게 오늘 벌써 열다섯 번째 전화야."

그는 다섯까지 세고 전화를 받았다.

\*

빈센트는 평범한 부츠를 벗고 혹한기의 행군도 버틸 만큼 아주 무거운 부츠를 신는 미나의 모습에 그만 웃음이 터져 나왔다.

"왜 사무실에 갈아 신을 부츠가 있어요?"

그가 미나의 책상에 걸터앉았다.

"구내식당에서 등반이라도 해요?"

법인류학자를 만나고 나서 미나는 경찰서로 직행했는데, 빈센트는 이제 그 까닭을 알게 됐다. 무슨 이유에서인지 미나는 탄광의 광부처럼 변장하고 있었다.

"하, 하, 하."

미나는 투박한 부츠 끈을 애써 묶으며 씁쓸하게 말했다.

"당신이 딱정벌레 전문가 집에서 즐거운 시간을 보내는 동안 율리아가 우리에게 다시 한번 터널로 들어가라고 지시했거든요. 구닐라를 만나고 나서 바로요. 다른 사람들은 벌써 가서 기다리고 있다고요."

터널이라. 생각만 해도 그는 등골이 서늘해졌다.

"팀원들이 다녀온 지 얼마 안 됐잖아요. 거기서 뼈가 더 나올지도 모른다는 거예요?"

"뼈 때문이 아니에요. 미치광이 톰의 친구들이 아직 거기 있을지도 몰라서요. 루벤과 크리스테르가 헬릭스 센터의 간병인을 만났는데, 미치광이 톰이 해골을 바가르모센 지하철역에서 발견했다고 했었대요. 그 말이 맞는지 틀린지는 몰라요. 미치광이 톰은 사망했지만 그의 친구들 가운데 몇몇은 아직 살아서 지하에 거주하고 있을 수도 있잖아요. 어쨌든 율리아는 그렇게 추측하고 있어요. 어쩌면 그들 중에 미치광이 톰이 마르쿠스 에릭손의 유해를 어떻게 손에 넣었는지 봤거나 들은 사람이 있을지도 모르죠. 율리아가 허가를 얻어 내는 데 시간이 좀 걸렸어요. 터널에 들어가려면 행정력이 꽤 소모되는 모양이에요. 교통 회사도 매번 긴장해야 하고요."

"구스타프 브론스와 그 외 다른 희생자들 사이의 연관성을 아직 못 찾았어요?"

"그쪽은 지뢰밭이에요."

미나가 한숨을 내쉬었다.

"드라간 마노일로비치 기소 준비를 방해하지 않는 선에서 구스타프 브론스의 도박 빚에 대해 최대한 알아봤어요. 하지만 아무것도 찾지 못했고, 구스타프와 요세핀이 한 이불 아래에서 공모했다는 증거도 없어요. 욘이 실종되기 전에 두 사람은 스톡홀름의 호텔을 이곳저곳 드나들었더군요. 솔직하게 말하자면 그렇게 데이트를 하면서 아이도 보고, 일도 하고, 살인까지 할 시간이 있을지 상상이 가지 않아요. 그래도 배제할 수는 없죠. 루벤이 오늘 오후에 페테르 크론룬드를 취조할 거예요. 그가 자기 아버지에 대해 무슨 말을 할지 두고 봐야죠."

"알겠어요. 안타깝지만 나도 새로운 건 알아내지 못했어요."

그는 문득 자신이 엄청나게 두툼한 장갑을 깔고 앉아 있다는 사실을 깨달았다. 자리에서 일어나 장갑을 내밀자 미나는 문자 그대로 그의 손에서 장갑을 낚아챘다.

"내 옷차림에 대해 뭐라고 하기만 해요."

그녀가 말했다.

"일회용 장갑 박스 이리 줘요."

빈센트는 옆에 있는 일회용 장갑 박스를 건넸다. 머리부터 발끝까지 두툼하게 휘감았는데도 미나는 여전히 아름다웠다. 아름다울 뿐 아니라 섹시했다. 여러 겹 입은 겨울옷도, 각질이 일어나고 붉어진 손도 그 사실을 바꾸지는 못했다. 내가 미나를 이렇게 생각해도 될까? 그래, 돼. 그렇게 마음먹었다. 그래도 된다. 속으로만 생각하는 한.

"여기 당신이 입을 만한 옷도 있어요."

미나가 문 옆의 옷걸이에서 두꺼운 겨울 재킷을 벗겨 그에게 건넸다.

"나랑 같이 갈 수 있게요."

"터널로요?"

그가 화들짝 놀랐다.

"으음, 난 터널에 약한데. 지난번에 하수도관에 갇혔을 때도 소수를 세면서 겨우 살아남았다고요. 난 여기 사무실에서 서류들을 다시 한번 훑어보는 편이 낫겠어요. 우리가 혹시 뭔가 놓쳤을지 모르니까요."

"겁쟁이."

미나가 재킷을 다시 옷걸이에 걸었다. 하지만 빈센트가 본 미나는 싱긋 웃고 있었다.

"그사이에 직면 요법으로 엘리베이터라도 타 봐요."

미나가 말했다.

"혹시 다음번이라는 게 있다면, 그때는 같이 가야 해요. 핑계 대지 말고요. 당신과 내가 저 아래 어둠 속으로. 오케이?"

그는 미나를 빤히 바라보다가, 조금은 망설이며 대답했다.

"오케이."

율리아에게 다시는 지하로 내려가지 않아도 된다는 확증을 꼭 받아 둬야겠다. 내려갔다가는 살아남지 못할 테니까.

"나중에 봐요. 엘리베이터 즐겁게 타고."

미나가 나간 후에도 그는 책상에 그대로 걸터앉아 있었다.

미나의 말이 머릿속에서 떠나지 않았다. '당신과 내가 저 아래 어둠 속으로.' 자신의 말이 지금 이 상황에 딱 들어맞는다는 것을 미나는 꿈에도 모를 터였다.

\*

스톡홀름 교통 회사가 제대로 협조해 주었다. 대규모 출동이었다. 미나는 뼈 무더기를 찾으러 지하로 내려갔을 때, 터널 시스템을 완전히 수색하는 일은 불가능하다고 여겼었다. 하지만 율리아는 어찌어찌 해냈다. 그녀는 노련하고 침착하게 경찰들을 여러 팀으로 나누어 서로 다른 지역에 배정했다.
"여긴 멍청이들밖에 없네."
주위를 둘러본 루벤이 툴툴거렸다.
"크리스마스 직전에 이런 규모의 출동이 가능한 걸 다행이라고 생각해."
미나가 위로하듯 말했다.
"그리고 교통 회사가 난리를 치지 않은 것도."
사실은 루벤의 말에 동의하고 싶었다. 그녀의 눈에도 별로 뛰어나지 않은 동료들이 몇 명 보였다.
"우리 팀은 세 명이야. 아담도 있어."
미나가 말했다.

"참 빌어먹을 크리스마스 파티로군."

루벤이 슬쩍 웃었다.

"그래도 우리 같은 사람들은 유머가 있어서 다행이야."

"후모레스겠지."

"무슨, 취했어?"

"아니, 안타깝지만 아니야. 취했더라면 일이 좀 쉬워졌을지도 모르는데 말이야."

미나는 일회용 장갑을 재킷 소매 위까지 끌어 올렸다.

"그래도 이 상황에 뭔가 재미있는 걸 찾아내다니 다행이네."

그녀는 빈센트가 함께 왔더라면 좋았겠다고 생각했다. 그러나 그가 오지 못하는 것을 이해할 수 있었다.

"출발하자고."

아담이 그들을 지나쳐서 수색을 시작할 터널 입구로 향했다.

"나한테 지도가 있고, 우리 담당이 어느 지역인지도 알거든."

미나와 루벤은 그를 따라갔다.

미나는 입구에서부터 벌써 가슴이 조여들고 호흡이 힘들어지는 것을 느꼈다.

"나에게 바짝 붙어 있어."

아담이 성큼성큼 앞장섰다.

사방에서 바스락거리는 소리가 들렸지만, 미나는 의식적으로 그 소리를 못 들은 척했다. 그 대신 점점 더 깊은 어둠 속으로 들어가면서 호흡에 집중했다.

10분 후에 그들은 담당 지역에 도착했다.

"이런 바보짓이 어딨어."

루벤이 툴툴거렸다.

"첫째, 여기 아래에 사는 사람들 대부분은 머리에 든 게 없을 거야. 정신적으로 병들었거나 마약을 하고 있거든. 둘째, 그들은 경찰을 반기지 않을 게 뻔해. 그러니 뇌세포가 좀 남아 있는 사람이 우리랑 이야기를 할 이유가 없잖아?"

어둠 속에서 유령 같은 불빛이 반짝거렸다. 전등이 있긴 하지만 대부분 고장이라서 불이 전혀 들어오지 않거나 불규칙하게 깜박였다.

"맞아. 네 말이 이번에도 다 맞아. 그럼 수색은 때려치우고 맥주나 마시러 가자."

미나가 비아냥대며 대답했다.

"내가 논리적인 근거를 댔다고 바로 퉁명스럽게 굴 필요는 없잖아."

루벤은 웅얼거리면서도 손전등 불빛을 계속 벽에 이리저리 비추었다.

그때 앞에서 어떤 그림자가 빛 사이로 빠르게 휙 지나갔다. 그들은 급히 발걸음을 멈췄다.

"계십니까?"

아담이 소리쳤다. 그의 목소리가 터널 벽에 울렸다.

"말씀 좀 나누러 왔습니다."

루벤도 아담과 같이 크게 외쳤다. 그의 목소리도 메아리가 되어 그들에게 곧장 돌아왔다.

"우린 경찰입니다."

미나가 큰 소리로 말했다.

"걱정하지 마세요. 잡으러 온 게 아니에요. 여러분이 여기서 뭘 하든 저희는 상관 안 합니다. 그냥 여러분과 잠깐 이야기를 나누고 싶어요. 터널에서 나온 뼈와 미치광이 톰에 대해서요."

정적. 정적뿐이었다. 미나는 망설였다. 우리 목소리를 듣는 누군가가 있기는 한 걸까?

"낙원에 오신 것을 환영합니다!"

미나는 소스라치게 놀랐다. 그들 앞에 어떤 거대한 남자가 불쑥 나타나 팔을 옆으로 활짝 벌렸다. 미나의 눈에 루벤이 권총을 쥐는 모습이 들어왔다. 그녀는 한 손을 그의 어깨에 얹었다.

"욘뉘! 이리 와! 그 사람들을 놀라게 하면 안 돼!"

어떤 여자가 손전등 불빛에 모습을 드러내며 방어하듯 두 손을 올렸다.

"얘는 위험하지 않아요. 그저 덩치가 클 뿐이지 위험하지 않답니다. 제 아들이에요. 앤 파리 한 마리도 못 죽여요."

미나가 자세히 보니 남자는 기껏해야 20대 중반쯤이었다. 하지만 수염과 덩치 때문에 그보다 두 배는 나이 들어 보였다.

"여러분과 이야기를 나누고 싶어요."

미나가 부드러운 어투로 여자에게 말했다.

"해골에 대해서요. 그런 다음에는 다시 나갈 거고, 여러분을 귀찮게 하지 않을 겁니다. 약속할게요."

침묵. 미나는 여자의 의심이 몸에 와 닿는 느낌이었다. 저들을 설득하기 위해 좀 더 이야기하고 싶었지만, 침묵이 결국은 가장 설득력이 강하다는 사실을 그녀는 알고 있었다.

"그래요, 따라오세요."

마침내 여자가 이렇게 말하고는 손전등 불빛에서 사라졌다.

미나는 여자의 뒤에 불빛을 비추어 그들이 터널 안 왼쪽 길로 구부러져 들어가는 모습을 지켜봤다. 키 큰 남자가 열심히 손짓을 했다. 터널은 여러 번 가지를 치며 갈라졌다. 미나는 돌아오는 길을 찾을 수 있기를 진심으로 빌었다.

잠시 후, 터널 안이 밝아졌다. 좀 넓게 트인 공간에 모닥불을 에워싸고 있는 작은 무리가 있었다. 바닥에 둘러앉은 그들은 천장에 짙게 드리운 연기에 개의치 않는 듯했다.

루벤은 기침을 했고, 아담은 팔로 입과 코를 가렸다. 좋은 방법 같아서 미나도 따라 했다. 바로 숨쉬기가 편해졌다.

"이것도 익숙해진답니다."

여자가 그들에게 가까이 오라고 손짓했다. 키 큰 욘뉘가 그들의 행동을 따라 하며 입이 귀에 걸릴 만큼 환하게 웃었다.

"머리가 온전하지 않아요."

여자가 아들의 뺨을 부드럽게 쓰다듬었다.

"자, 여기예요. 편하게 질문하세요."

여자가 한데 모여 앉은 사람들을 가리켰다. 그녀와 욘뉘까지 합쳐서 다섯 명이었다. 다들 의심이 가득한 표정이었다. 미나는 잠깐 망설이다가 사람들에게 다가갔다.

"저는 미나입니다. 여러분과 악수하면서 한 분씩 인사할게요. 거절하지 않으신다면요."

대답이 없었다.

몇 번 심호흡을 하자 가슴을 누르는 듯한 매운 연기가 느껴졌다. 제일 먼저 한 남자에게 손을 내밀었다.

"미나예요."

"셸레."

다음 사람은 여자였다.

"미나입니다."

"나타샤."

"미나예요."

그 다음 사람은 악수를 거부하고 화난 눈길로 그녀를 쏘아봤다.

"난 이름을 말하지 않을 거요. 정부가 나한테 올로프 팔메를 살해했다는 누명을 씌우려고 해서 여기 숨어 있는 거예요. 내 이름 머리글자가 팔메와 똑같다고 나를 감시해요. 그래도 된다는 듯이. 알겠어요?"

"OP는 의심이 좀 많아요."

이곳으로 안내한 여자가 미안해하는 어투로 말했다.

"난 비비안이라고 해요."

"괜찮습니다. 악수는 하고 싶은 사람만 하면 되니까요."

미나가 대답했다.

OP를 제외하고 모두와 인사한 미나는 속으로 눈물을 쏟았다. 얼른 달려가서 최대한 빨리 뜨거운 물로 샤워를 하고, 전국의 모든 비누를 쓸어 모아 몸에 문지르고 싶었다. 그녀는 악수를 진심으로 '증오'했다. 하지만 이 상황에서는 신호를 보내는 게 중요했다. 이 사람들도 인간이다. 그들은 각자의 이유로 이곳에 왔고 여기서 산다. 틀림없이 한때는 다른 삶을 살았을 것이고, 어쩌면 가족도 있을 테고, 그들을 사랑하는 사람도 있을 것이다.

미나는 이들의 존재가 어떤 면에서는 꺾이지 않는 자기 보존 욕구의 증거라고 생각했다. 이들에게는 살 이유가 거의 없어 보이지만, 그럼에도 어떤 대가를 치르든 살아남으려 하기 때문이다.

"앉아도 될까요?"

미나가 질문하자 루벤과 아담은 살짝 충격을 받은 눈빛으로 그녀를 쳐다봤다.

미나의 신경계 전체가 온갖 오물과 쓰레기가 쌓여 있는 그곳에 앉기를 거부했다. 그러나 경찰이 다른 사람들과 이성적인 대화를 나누려면 그들보다 높은 위치에 있어서는 안 된다. 눈높이를 맞춰야 했다.

"그럼요. 여기 앉으세요."

비비안이 대답했다. 그러고는 통 크게도 낡은 종이 박스 조각을 내주었다. 세 경찰은 귀한 선물이라도 되는 듯이 그것을 받아서는 조금 주저하며 깔고 앉았다.

"이미 말했듯이, 우린 뼈 때문에 이곳에 왔습니다."

미나가 말했다. 그리고 주머니에서 휴대폰을 꺼내 녹음 앱을 켜고 앞쪽 종이 박스 위에 조심스럽게 내려놓았다. 아담과 루벤은 입을 다문 채 뒤로 물러나 있었다. 그들은 이 상황을 인지하고, 미나가 이들과 일종의 접촉을 이루어 냈음을 깨달았다. 어쩌면 미나가 여성이기 때문에 이 환경에서 덜 위험하게 받아들여졌는지도 모른다.

"우린 미치광이 톰이 무죄라는 걸 알아요."

OP가 비난하는 눈길로 미나를 쏘아봤다.

"하지만 국가가 한번 마음을 먹으면 꺾을 수가 없지. 팔메의 경우도 마찬가지고."

"왜 그가 무죄라고 확신하시죠?"

미나가 호기심을 보였다. 사람들이 시선을 주고받는 모습이 미나의 눈에 들어왔다.

"나를 볼 필요는 없어요."

나타샤가 외국인 억양으로 말했다.

"내가 오기 전에 일어난 일이니까. 난 미치광이 톰을 전혀 몰라요."

"난 알죠."

비비안이 말했다. 그녀가 초조하게 이리저리 움직이는 욘뉘의 어깨를 조심스럽게 두드렸다.

"배고파."

그가 단조로운 어조로 말했다.

"욘뉘 배고파."

비비안이 치마 주머니를 뒤져 단백질 바 반쪽을 건네자 그는 게걸스럽게 꿀꺽 삼켰다. 일단은 만족한 듯했다.

"미치광이 톰은 정말 미쳤었어요."

비비안이 말을 이었다.

"이름 그대로였죠. 하지만 누구에게도 해악을 끼치지 않았어요. 이 세상에서 가장 싹싹한 사람이었고요. 하지만 뼈를 안식처에서 꺼내는 실수는 하지 말았어야 했어요."

"안식처요?"

미나가 귀를 쫑긋 세웠다.

그때 종이 박스를 짚고 있던 그녀의 손 위로 뭔가 작은 것이 지나갔다. 미나는 다급하게 손을 빼며 숨을 들이쉬었다. 헉, 내쉬고, 들이쉬고, 다시 내쉬고. 앞에서 불이 바작거리는 소리가 마음의 안정을 찾는 데 도움을 줬다.

"바가르모센에 가지 말았어야 했는데."

비비안이 중얼거렸다.

"뼈에 대해 알고 있었다는 것처럼 들리네요?"

침묵. 그리고 방어하는 시선들.

"우린 그런 걸 자주 봤어요. 미치광이 톰이 그걸 발견했을 때도 우리는 그게 무슨 뜻인지 알고 있었죠. 죽은 자, 그리고 죽음 자체에 대한 존중의 표시예요. 망자에 대한 예우."

"그런 걸 본 적이 있다고 하셨죠. 그게 언제였습니까?"

루벤이 물었다.

"오래전이에요."

비비안이 입술을 삐죽거렸다. 더는 말하고 싶지 않은 듯했다. OP가 안타까워하는 목소리로 말을 꺼냈다.

"왕은 그들이 나한테 팔메 살해 누명을 씌우려는 걸 알았어요. 그래서 그는 누명을 본인에게 돌리려고 했어요. 자신을 희생했지요. 교란 작전으로 왕의 위엄을 보여 준 거예요. 하지만 그들은 포기하지 않았어요. 왕은 헛되이 죽은 거예요."

미나는 그의 말을 무시했다. 그의 피해망상은 정부와 팔메 암살과 국가뿐 아니라 스웨덴 왕실에까지 뻗치는 듯했다. 비비안의 기분을 상하게 할 위험이 있었지만 미나는 질문을 계속했다.

"그런데 미치광이 톰이 발견한 뼈를 누가 그곳에 뒀는지는 모르시나요? 그리고 그게 망자에 대한 예우라는 건 어떻게 아시죠?"

비비안은 OP를 흘깃 본 후에 어깨를 으쓱했다.

"뻔하지 않아요? 제단 같은 걸 쌓은 거잖아요."

"왕은 죽으려고 하지 않았어요."

OP가 중얼거렸다.

"그는 죽으려고 하지 않았는데 어둠이 이긴 거예요. 결국은 어둠이 이겼다고요."

"무슨 말씀인지 모르겠네요."

미나가 말했다.

"하지만 당신이 그렇게 말한다면 그런 거겠죠."

그녀는 휴대폰을 손에 쥐고 일어서려다가 뭔가 또 생각나서 동작을 멈췄다.

"아, 하나 더 있어요. 우린 지난 며칠 동안 뼈 무더기를 여러 개 발견했거든요. 여러분의 터널에서 말이죠."

깜박이는 불빛 때문에 사람들의 반응을 살펴보긴 어려웠지만, 미나는 비비안과 나타샤와 OP가 시선을 주고받는 모습을 얼핏 본 것 같은 느낌이 들었다. 그러나 그녀와 눈을 마주치는 사람은 아무도 없었다. 욘뉘는 바닥만 내려다봤다. 혹시 아는 게 있더라도 이들은 일단 입을 다물고 있을 터였다. 미나는 자리에서 일어나 바지를 털었다.

"시간 내주셔서 고맙습니다. 혹시 또 올지도 몰라요. 그때도 반겨 주시면 좋겠네요."

그녀가 최대한 싹싹한 말투로 말했다.

"계피 빵 사 오면요."

욘뉘가 풍성한 수염이 흔들릴 정도로 즐겁게 킥킥거리며 대답했다.

"길을 잃지 않게 안내해 드릴게요."

비비안이 그들이 지나온 터널을 가리켰다.

미나는 감사의 눈길로 그녀를 바라봤다. 이 어둠과 쓰레기 더미에서 얼른 벗어나고 싶었다. 빨리 샤워를 하고 싶었다.

\*

빈센트는 미나 책상에 펼쳐져 있는 보고서의 존재를 잠깐 잊어버렸다. 대신 문자 메시지에 정신이 팔렸다. 원래 베냐민은 얼마 전에 독립한 친구 집에서 자고 온다고 했고, 빈센트는 다행이라고 생각했었다. 집에 혼자 있고 싶었기 때문이다. 안전상의 이유로.

그런데 갑자기 베냐민이 크리스마스이브에는 자기 침대에서 일어나고 싶다는 문자를 보냈다. 빈센트는 아들이 크리스마스이브 오전에 친구가 아니라 아빠와 시간을 보내고 싶어 한다는 사실에 마음으로는 감동했지만, 그래도 말려야 했다. 베냐민에게 아빠는 혼자 아주 잘 지낼 수 있다고, 나중에 만나자고, 당연히 네 친구가 더 중요하다고 문자를 보냈다.

하지만 아이는 기어코 집에 온다고 했다.

빈센트는 뿌듯함을 감출 수가 없었다. 친구 집에서는 바닥에서 자야 할 테니 아마 베냐민을 유혹한 것은 무엇보다도 자신의 포근한 침대일 테지만, 어쨌든 자랑스러웠다. 정말이지 다른 날이라면 무척이나 감동했을 것이다.

빈센트는 뭐라고 대답해야 할지 몰라 손에 휴대폰을 든 채 앉아 있었다. 베냐민은 성인이고, '단 한 명'의 가족 구성원이라면 틀림없이 그가 지켜 줄 수 있을 것이다. 집에 갈 때 잊지 말고 사프란 빵을 사야겠다.

"엄청 집중한 표정이네요. 포르노 봐요?"

미나의 목소리에 그는 화들짝 놀랐다. 미나가 책상 옆에 서서 그의 휴대폰 화면으로 고개를 숙이고 있었다.

"그 반대예요."

그가 숨을 내쉬었다.

"가족 일이거든요."

타일과 수영장을 연상시키는 약한 세제 냄새가 풍겼다. 미나의 머리카락이 젖어 있고, 몇 시간 전과 옷차림이 달랐다.

"수영 갔었어요?"

미나는 당황한 눈치였다.

"내가 왜……."

그녀가 입을 떼다가 한숨을 쉬었다.

"그래요, 빈센트. 나 수영하고 왔어요. 그것도 업무 시간에요. 뭐 알아낸 거 있어요?"

빈센트는 헛기침을 하고, 머릿속에서 수영복을 입은 미나를 애써 떨쳐 냈다.

그는 이마를 찌푸린 채 책상에 있는 서류들을 뒤적이며 대답했다.

"네. 어쩌면 희생자들의 연결 고리일지도 모르는 뭔가에 대해 고민해 봤어요. 마르쿠스 에릭손의 어머니가 아들이 오래전에 힘든 시기를 겪었다고, 방황하던 시절이 있었다고 했잖아요. 그러다가 상황이 완전히 달라졌댔죠. 에리카 세벨덴의 언니도 에리카가 20년 전에 우울증 같은 것을 겪었다고 했어요. 하지만 얼마 후에 엄청난 성공을 거두었고요. 페테르 크론룬드도 욘 랑세트가 예전에 어려운 때가 있었는데 그 시기에 대해서는 말하기 싫어했다고 율리아와 아담에게 언급했죠. 그러니까 세 사람 모두 바닥까지 내려갔다가 갑자기 삶이 달라진 거예요. 물론 깊은 깨달음을 통해 자신의 힘으로 역경을 헤치고 나온 전형적인 경우일 수도 있죠. 이렇든 저렇든 세 희생자의 모든 공통점을 더 자세히 살펴봐야 해요. 나라면 그들의 삶에서 '힘든 시기'가 정확히 언제였는지 알아보기 위해 마르쿠스의 엄마와 요세핀 랑세트를 만나 볼 거예요. 아마 에리카처럼 20년 전이었겠죠."

"그들이 그때 서로 만났을 거라고 생각해요? 그러니까 내 말은, 우울증이 그들을 어떤 식으로든 연결했을지도 모르잖아요."

"그 가능성도 배제할 수 없죠. 그리고 또 하나……. 니클라스도 과거에 그런 시기를 겪은 적이 있어요?"

미나는 놀란 표정으로 그를 바라봤다.

"니클라스는 우리가 만나기 전의 시절에 대해서는 말한 적이 없어요."

"안타깝네요. 말했더라면 혹시 수사에 도움이 됐을지도 모르는데."

\*

구치소에서의 통과 절차는 이제 일상적인 일이 됐다. 루벤은 조금은 호기심을 느끼며 면회실에 들어섰다. 드라간 마노일로비치는 조직범죄 쪽에선 전설이었으므로, 그의 아들을 만나는 것은 당연히 긴장되는 일이었다. 게다가 그 아들은 완전히 새로운 삶을 만들어 내지 않았는가.

살인이 정교하게 실행에 옮겨졌다는 사실은 부인할 수 없었다. 그러니 악명 높은 마피아 조직과 관련이 있는 남자를 더 자세히 조사하는 것이 괴상한 아이디어는 아니었다.

"또 방문객이 왔네?"

면회실에 있던 남자가 말했다.

"하, 내가 경찰에게 인기가 좋은 모양이군."

그가 일어나더니 루벤에게 악수를 청했다.

"페테르 크론룬드요."

그의 손아귀 힘은 억셌다. 루벤은 세련된 양복에 값비싼 가죽구두를 신고 사무실에 앉아 있는 그의 모습을 쉽게 상상할 수 있었다. 그에 비해 잿빛 죄수복은 그다지 매력적이지 않았다.

"바로 본론으로 들어가죠."

루벤이 입을 열었다.

"우린 당신 아버지와 콘피도의 연관성을 찾아냈습니다."

페테르는 한동안 고집스럽게 침묵했다. 루벤은 그가 망설이게 그냥 내버려뒀다. 침묵은 경찰이 지닌 가장 예리한 무기였다. 결국 페테르는 깍지 낀 손을 탁자에 내려놓고 몸을 앞으로 숙였다.

"그렇다면 내가 누군지도 알겠군요."

그가 말했다.

"내 아버지가 누군지 안다면 말이요. 그 끔찍한 집안을 도저히 떨쳐 낼 수가 없군."

"네. 당신이 누군지 압니다. 무엇보다도 당신이 과거에 누구였는지 잘 알죠. 솔직히 말해서 그 사실을 아는 사람이 별로 없다는 게 이상할 정도입니다. 자신의 과거를 상당히 효과적으로 은폐했더군요."

"그럴 수밖에 없었어요."

페테르가 한숨을 내쉬었다.

"안 그랬더라면 떳떳하게 살 기회가 없었을 테니까. 그런데 아버지가 뭐 어쨌다는 거죠? 이제 놀랄 일도 없을 거라고 생각했는데. 무슨 연관성을 말하는 건지?"

"아버지가 구스타프 브론스에게 이체한 내역을 발견했습니다. 거액이 갔더군요."

페테르가 나지막하게 휘파람 소리를 냈다.

"말도 안 돼……."

그는 정말 몰랐던 것처럼 보였지만, 루벤은 그래도 캐물었다.

"모르셨습니까?"

"몰랐소."

그가 싸늘하게 대답했다.

"구스타프가 도박 빚 때문에 당신 가족에게서 돈을 빌렸습니다. 그가 도박을 하는 건 아셨나요?"

페테르는 천장을 쳐다보다가 말했다.

"멍청한 놈. 그래요, 알고 있었어요. 그거야 사실 그의 문제지. 하지만 우리 꼰대에게 돈을 빌리다니……. 그런 말은 하지 않았어요. 자기가 생각해도 말하면 안 되었겠지. 당신이 연관성이라고 한 말이 무슨 뜻인지 이제 알겠군. 우리 꼰대가 구스타프의 약점을 손에 쥐고 있다면……."

"더 흥미진진한 일도 있죠. 구스타프와 욘의 아내 요세핀이 불륜 관계라는 건 알고 계셨습니까?"

페테르가 요란하게 웃음을 터트렸다.

"그럼요. '그 일'은 압니다. 구스타프가 자기 책상 위에서 요세핀 뒤로 하다가 나한테 들킨 적도 있지. 아이고, 그 허연 엉덩이가 내 머릿속에서 오랫동안 사라지지 않을 거요."

"보시다시피 누군가가 욘을 해칠 만한 동기는 많습니다. 아내의 불륜부터 혼자만 살기 위해 지저분한 사업에 대해 떠벌릴 수도 있다는 걱정까지 말이요. 좀 더 나아가면 그가 당신의 진짜 정체를 밝힐지 모른다는 불안도 있죠. 그래서 단도직입적으로 물어보겠습니다. 당신 또는 당신의 아버지가 욘의 죽음과 관련이 있습니까?"

페테르가 몸을 앞으로 숙였다.

"내가 예전의 성을 지우기 위해 온갖 노력을 한 건 맞아요."

그가 나지막하지만 또렷한 목소리로 말했다.

"그게 나를 해방할 유일한 방법이었으니까. 내 모든 소유물은 내가 직접 일군 거요. 회사와 외스테르말름의 집, 포르쉐 카레라, 쇠름란드의 여름 별장까지. 이 모든 것을 내 손으로 직접 이루었단 말입니다. 우리 꼰대는 아무 관계가 없소. 전혀 없지. 앞으로도 그럴 거고."

"당신의 아버지도 그걸 인정합니까?"

루벤은 페테르의 몸짓 언어를 따라 양손을 겹쳐 탁자 위에 올렸다. 빈센트가 타인의 몸짓을 모방함으로써 그 사람과 소통할 수 있다고 한 적이 있었다. 시도해 볼 만했다. 빈센트가 내뱉는 말이 모두 헛소리는 아니니까.

"그쪽의 생각은 어떻습니까?"

페테르가 되물었다. 놀랍게도 약간 긴장이 풀린 것처럼 보였다.

"당연히 인정하지 않지. 아마 우리 꼰대가 구스타프더러 내 뒷조사를 하라고 압박했을 겁니다."

페테르는 또 웃음을 터트리고서 양손을 머리 뒤에서 깍지 끼고 몸을 뒤로 기댔다. 루벤은 이 행동도 따라 할까 고민했지만 그러면 너무 티가 날 것 같았다.

"욘이 그 사실을 눈치챘을까요?"

루벤이 이렇게 묻고는, 페테르의 자세를 흉내 내는 대신 허리를 펴고 똑바로 앉았다.

"당신 아버지가 구스타프를 이용했다는 걸 말입니다. 그래서 죽었을까요?"

"아니, 대체 무슨 드라마를 본 겁니까? 누가 누군가를 죽이러 한다면 오히려 욘이 구스타프를 죽여야지요. 그가 자기 아내와 잤으니까. 그래요. 혹시 우리 꼰대가 콘피도의 내부 정보를 얻기 위해 정말로 구스타프를 이용했다면, 그리고 혹시 욘이 그걸 눈치챘다면 목숨이 위험해졌을 수도 있겠지. 하지만 공동 출자자 셋 중 하나가 실종된다면 기업이 붕괴될 겁니다. 우리 꼰대가 그런 일까지 벌였다고는 생각하지 않아요. 어쨌든 이러나저러나 회사가 망하긴 했지만 그건 다른 이유에서요."

루벤이 고개를 끄덕였다. 페테르의 말은 설득력이 있었다. 그럼에도 여전히 의문이 남았다.

"마르크 에릭과 에리카 세벨덴이라는 이름을 듣고 뭔가 생각나는 게 있습니까?"

드라간 마노일로비치가 살인에 연루됐다면 세 명 모두와 관련이 있을 터였다. 만약 그렇지 않다면 루벤의 이론은 성립

되기도 전에 무너질 것이다.

"그럼요."

페테르가 대답했다.

"난 마르크의 음반을 거의 다 가지고 있어요. 그 뮤지션 말하는 거 아닙니까? 그리고 에리카는 콘피도에서 강연을 몇 번 했죠."

"그 두 사람이 당신 아버지와 관련이 있습니까?"

"내가 아는 한은 아닐 겁니다. 이미 말했듯이 나는 가족을 멀리하려고 애쓰고 있어요. 하지만 예능계와 이벤트업계에 우리 꼰대 손이 닿지 않는 곳이 거의 없어요. 그가 공동 출자자로 손을 뻗지 않은 레스토랑이나 극장을 찾기 힘들 거란 뜻입니다."

"재미있군요. 예전에는 그걸 보호비 갈취라고 했는데 말이죠."

루벤이 신랄한 말투로 대꾸했다.

"그런데 그걸 왜 묻습니까?"

"유감스럽게도 이유는 말할 수 없습니다."

루벤은 실망스럽게 신음을 내뱉었다. 질문은 도움이 되지 못했다. 한편으로는 많은 것을, 다른 한편으로는 아무것도 알아내지 못했다. 페테르는 살인에 연루되지 않은 듯했다. 그에 비해 드라간 마노일로비치는 사건의 배경에서 그림자처럼 계속 맴돌았지만, 루벤은 구체적인 행위를 이 마피아 보스와 연결하는 데 실패했다. 모든 것은 그저 추측에 불과했다.

그는 드라간의 죄를 입증해야 했다. 그것도 최대한 빨리.

*

"할아버지랑 자주 만나?"

에펠비켄 방향으로 차를 꺾으면서, 미나는 호기심에 딸에게 물었다.

니클라스의 과거에 대한 빈센트의 언급에서 그녀는 불현듯 영감을 얻었다. 전남편에게는 물어볼 수 없지만 그의 아버지인 발테르 스토켄베리에게는 가능했다. 니클라스는 아버지를 우러러봤고, 늘 엄청난 존경심을 표했다. 그들이 항상 가까운 관계였던 건 아니지만, 혹시 니클라스가 젊을 때 문제가 있었다면 발테르는 아마 알 터였다.

미나는 발테르와 만난 지 아주 오래됐다. 다른 시절, 다른 삶에서였다. 그녀는 니클라스의 부모님 집을 처음 방문한 그해 여름을 떠올렸다. 직접 만든 딸기 주스와 나무딸기 잼을 넣은 쿠키가 정원 정자에 차려져 있었다. 그땐 나탈리의 할머니 베아타도 아직 살아 있었다.

발테르는 대법원 판사였는데, 강직하고 완고한 사람이라서 그와 함께 있을 때면 미나는 늘 불편했다. 그렇게 느끼는 사람은 미나만이 아니었다. 니클라스도 자기 아버지가 불편한 느낌을 줄 때가 잦다고 인정했다. 미나는 그 점이 별로 달라지지 않았을 것 같아서 걱정스러웠다.

"아, 뭐 가끔요."

나탈리가 두루뭉술하게 대답했다.

미나는 더 캐묻지 않았다. 원래는 딸을 데려오지 않으려고 했지만 나탈리가 집에 혼자 있기 싫다고 했고, 미나는 현명하게도 실랑이를 하느라 긴 시간을 쓰지 않았다. 그러기에는 딸에게서 자신의 모습이 너무 많이 보였다.

"차를 조금 옆쪽으로 주차하세요. 할아버지는 누가 길을 막는 걸 좋아하지 않아요."

나탈리가 말했다.

"그래."

미나가 넓은 진입로로 들어가며 대답했다.

그녀는 니클라스와 비슷한 대화를 나눴던 걸 생각하며, 새로 뽑은 듯한 아우디 왼쪽에 차를 댔다. 넓은 자갈길은 눈이 꼼꼼하게 치워져 있었다.

미나는 시계를 봤다. 정확하게 시간에 맞춰 도착했다. 발테르는 깜짝쇼를 좋아하지 않는 사람이고, 시작부터 짜증을 돋우고 싶지 않았다. 그의 도움이 꼭 필요했다. 자동 응답기 멘트에 따르면 12월 31일이 니클라스 생의 마지막 날이 될 텐데, 그날이 너무 빠른 속도로 다가오고 있었다. 미나는 시간이 흐를수록 평정심을 유지하기가 점점 더 힘들었다.

헤어지고 오랜 세월이 지났는데도 니클라스 때문에 이토록 불안한 마음이 드는 것이 전남편에게 감정이 남아 있어서인지, 아니면 그가 두 사람의 딸에게 소중한 사람이어서인지는 가늠하기 어려웠다. 사실 그건 중요하지 않았다. 결론은 똑같았으니까. 시간이 사정없이 흘러가고 있었다.

"들어와라. 잘못하면 얼어 죽겠구나. 눈을 묻히고 들어오지 않게 신발을 잘 털고."

발테르가 계단참에서 손을 흔들었다.

집은 브롬마의 에펠비켄에서 많이 보이는 전형적인 주택이었다. 조각 장식이 풍성하게 달린 아르 누보 양식의 목조 건축물로, 여름에는 라일락과 장미 덩굴이 무성했다. 지금은 식물들이 두툼한 눈에 덮여 있지만, 그래도 미나는 집 앞에서 라벤더와 덩굴장미 향기를 맡을 수 있었다. 기억이 맞는다면 뉴 돈이라는 품종의 장미였다. 베아타가 사랑한 정원은 그녀의 자랑이었고, 그녀는 방문한 사람 누구에게나 식물들을 보여 주며 이름을 알려 줬다.

미나와 나탈리는 서로 마주 봤다. 진입로가 꼼꼼하게 치워져 있어 신발에 묻은 눈은 없었다. 그럼에도 둘은 거대한 나무 문 앞에 놓인 도어 매트에 얌전하게 신발 바닥을 문질렀다. 발테르가 옆으로 한 걸음 물러나 두 사람을 현관으로 들여보냈고, 둘은 그곳에서 신발과 재킷을 벗었다. 그가 두 사람을 어색하게 포옹했다.

"응접실에 가서 앉자. 일주일에 몇 번 와서 도와주는 아가씨가 끔찍한 공장제 쿠키를 사 뒀다."

두 사람은 발테르를 따라 벽면에 책이 가득 꽂혀 있는 넓은 방으로 들어갔다. 방 한가운데에 위풍당당한 가죽 소파가 놓여 있고, 탁자에는 커피 잔과 쿠키가 담긴 은 쟁반이 있었다.

"아빠가 어디 있는지 아세요?"

자리에 앉자마자 나탈리가 물었다.

미나는 아이의 목소리에 깃든 불안을 알아챘다. 손을 잡아주고 싶었지만 그렇게 하지 않았다. 그런 스킨십은 두 사람에게 아직 낯설었다.

"두 사람이 몰라?"

발테르가 촘촘하게 난 눈썹을 찌푸리며 되물었다.

"네 아버지가 어디론가 떠났단 말이냐?"

그의 숱 많은 은발은 단정하게 빗질되어 있었다.

"연락이 되지 않아요. 아빠가 어디 있는지 아는 사람도 없고요."

나탈리가 대답했다. 딸의 떨리는 목소리에 미나는 마음이 아팠다. 하지만 발테르는 전혀 놀란 기색이 아니었다. 그가 손을 내저었다.

"왜 내가 알 거라고 생각한 거지?"

그가 고개를 흔들었다. 그러고는 나탈리가 커피를 마시는지 묻지도 않고 잔 세 개에 커피를 따랐다. 가운데에 헤이즐넛이 박힌 마카롱 몇 개가 자그마한 도자기 접시에 놓여 있었다. 발테르는 먹겠냐는 듯한 눈길을 보내며 미나 쪽으로 접시를 밀었다. 미나는 최대한 정중하게 고개를 저었다. 공장에서부터 이 접시에 오기까지 얼마나 많은 사람이 이 쿠키를 만졌을지 생각만 해도 속이 메슥거렸다. 하지만 나탈리는 바로 한 개를 집어서 입에 넣었다.

"토르와 얘기해 봤니?"

발테르가 말을 이었다.

"그 사람은 틀림없이 무슨 일인지 파악하고 있을 거야. 뭔가 오해가 있는 게 확실해. 니클라스가 그 지위에서 얼마나 큰 압박감을 느낄지 상상해 보렴. 그러니 분명히 좀 쉬고 있는 것일 테지."

"그런 행동은 니클라스와 어울리지 않아요. 게다가 크리스마스 직전에 말이에요."

미나가 말했다.

"그리고 그가 왜 나탈리를 아무 말도 없이 혼자 내버려뒀겠어요?"

나탈리가 미나에게 경고의 눈빛을 보냈다. 발테르는 미나를 뚫어지게 쏘아봤다.

"우리 사회에서 중요한 역할을 수행하는 사람이 아니라면 당연히 이해하기 어렵겠지. 법무부 장관이라는 직책을 대법원 판사 직책과 비교할 수 없다고 생각할지 모르지만, 차이점보다는 닮은 점이 훨씬 많아. 이 나라뿐 아니라 국제적으로도 니클라스와 내가 맡았던 직책만큼 무거운 책임을 지는 고위 인사는 별로 없다."

"'맡았던'이 아니라 '맡은'이죠."

나탈리가 미나를 흘깃 보며 할아버지의 말을 고쳤다.

"할아버지는 은퇴하셨지만 아빠는 아직 법무부 장관이에요. 그리고 대법원에는 지금 다른 사람이 앉아 있고요. 안 그래요? 제가 착각하는 게 아니라면 여성분이죠."

발테르가 눈을 깜박였다.

"그래, 맞다."

그가 커피를 한 모금 마시고는 부엌 쪽을 보며 소리쳤다.

"베아타! 커피가 너무 진해. 새로……."

그러다가 말을 멈추고 민망한 듯이 시선을 떨구었다. 그리고 커피 잔을 천천히 내려놓았다. 미나는 엄격한 얼굴 뒤에 숨어 있는, 조금 혼란한 상태에 빠진 사람의 진짜 모습을 처음으로 엿보았다.

"이렇게 잊어버린단다."

그가 나지막하게 말했다.

"이상하지. 베아타는 5년 전에 떠났는데……. 우리는 50년 넘게 부부로 살았어. 그 사람이 아직 여기 있다고 느껴질 때가 많아."

"이해해요."

미나가 대답했다. 그리고 설교가 아니라 의미 있는 대화를 기대하며 말을 이었다.

"저희가 걱정하는 것도 이해하시겠지요. 지난여름에 그 일이 있고부터……. 그리고 나탈리와 니클라스는 무척 가까워요. 무엇보다도…… 제가 옆에 없었으니까요."

미나는 자신이 내민 손을 예전 시아버지가 잡아 주기를 바라며 자신을 최대한 낮추었다.

한동안 아무 말이 없었다. 그러다가 발테르의 어깨가 축 처졌다.

"두 사람의 불안을 대수롭지 않게 여기는 게 아니야."

그가 약간 부드러워진 말투로 말했다.

"난 그저 반드시 무슨 일이 생겼다는 뜻은 아니라고 말하려는 거다. 큰 압박감은 이따금 사람들에게 이상한 영향을 끼치지 않니. 니클라스는 잘 있고, 분명히 이제 곧 집에 돌아올 거야. 내 말을 믿으렴."

그가 자기 옆 소파에 앉아 있는 나탈리의 손을 쓰다듬었다.

"니클라스의 실종과 저희가 수사하고 있는 몇 가지 사건에 일치하는 점이 있어요."

미나가 망설이다가 입을 열었다.

"다른 실종된 사람들 사이에 공통점이 있어요. 모두 20년 전에 바닥으로 떨어질 만큼 힘든 시기를 겪었더라고요. 혹시 니클라스도 비슷한 경험을 했었는지 기억나세요? 그 사람이 저에게는 말한 적이 없어서요."

"캐러멜 과자가 분명 어디 있을 텐데."

발테르가 갑자기 자리에서 일어났다. 그가 부엌으로 가서 찬장을 여기저기 뒤지는 소리가 나더니, 몇 분 후에 투명한 비닐로 포장된 과자를 들고 돌아왔다.

"캐러멜 과자. 어디 있을 줄 알았지. 그 아가씨가 토마토 캔과 쌀 뒤에 뒀더구나. 정말 비논리적이야! 공장제 쿠키는 토마토 캔이나 쌀과 아무 관계가 없는데 말이다. 후자는 식료품이고 캐러멜 과자는…… 쿠키잖아. 뭐가 들었는지 보렴. 몽땅 화학 물질이지."

미나와 나탈리가 눈을 마주쳤다. 나탈리는 헤이즐넛 마카롱을 요란하게 씹으며, 비닐봉지를 이리저리 돌려보다가 결국 깊은 한숨을 내쉬고 탁자에 내려놓는 할아버지를 바라봤다.

"힘든 시기라고. 요즘 사람들은 웰빙에 너무 집착해. 아침에 일어나자마자 자기 상태가 어떤지부터 들쑤시는 모양이다. 찾으려고만 하면 징징거릴 이유는 늘 발견되는 법이지. 나 때는 주의력 결핍 과잉 행동 증후군이니, 외상 후 스트레스 장애니 어쩌고 하는 온갖 증상 같은 건 없었어. 옛날에는 신경에 문제가 생기면 의사에게 가서 약을 받아먹었지. 그게 다였다. 요즘 사람들은 아주 작은 일에도 병가를 내. 직업상으로도 나는 자기 행위가 초래한 법적 결과를 피하려고 모든 걸 자신의 '정신 문제' 탓으로 돌리는 사람들을 자주 봤어."

그는 코를 찡그리며 얼굴을 문질렀다.

"할아버지!"

나탈리가 거칠게 소리쳤다. 발테르는 못마땅해하는 손녀의 시선을 마주하고 심호흡을 했다.

"그래, 그래. 맞아. 니클라스가…… 그래, 한 20년쯤 전에 그런 시기를 겪었던 게 기억나는구나. 당시 베아타는 니클라스 때문에 걱정이 많았지. 걔가 우울해하고 삶에 지쳤다고 말이야. 나는 그게 다 허튼소리라는 걸 잘 알았다. 니클라스는 그저 잠시 길을 잃었고, 어떻게 살아야 할지 몰랐을 뿐이야. 하지만 그 후에는 다 잘됐지. 베아타가 찾아 준 심리 치료사를 만났고, 공부도 시작했어. 그러자 그런 상황은 지나갔단다. 착실하게 일하고 공부하는 것 외엔 더 필요한 게 없어. 난 늘 그렇게 말했지. 사람은 뭔가 해야 해. 낮에 열심히 일해서

저녁에 몸이 피곤하면 고민하느라 괴로울 일이 없어."

"그 상담사 이름을 아직 기억하세요?"

미나가 나지막하게 물었다.

심장이 거칠게 뛰었다. 니클라스도 다른 희생자들과 똑같은 패턴을 보였다. 미나는 그의 실종이 해골들의 경우와 관계가 없기를 끝까지 바랐었다. 그러나 이제 의심할 여지가 없었다. 제때 찾아내지 못하면 그는 12월 31일에 죽을 것이다. 그리고 꼭대기에 두개골을 왕관처럼 얹은 뼈 무더기로 발견될 것이다.

"베아타의 수첩에 이름이 있을 거야."

발테르가 자리에서 일어났다. 그러고는 창가에 놓인, 장식이 많이 달린 작은 책상 서랍을 열어 뒤지다가 꽃무늬 주소록을 발견했다.

"빌려 가도 될까요?"

나탈리가 다급하게 물었다. 발테르는 잠깐 망설이다가 고개를 끄덕이고 손녀에게 주소록을 건넸다.

"조심해서 다루겠다고 약속하렴. 할머니 물건이니까."

"약속할게요."

나탈리가 주소록을 후드 티셔츠 주머니에 넣었다.

"이제 가야 해요."

미나가 일어섰다.

시계가 머릿속에서 요란하게 울리며 똑딱거렸다. 미나는 뒤에서 터덜터덜 따라오는 나탈리에게 겉으로나마 평온해 보이려고 온 신경을 집중했다.

헤어질 때 발테르는 미나의 손을 단단히 잡았다. 미나는 당장 손을 뿌리치고 소독제에 담그고 싶은 충동을 억눌렀다. 다른 소리를 덮어 버리는 시계 소리가 도움이 됐다.

"네가 돌아와서 기쁘다. 정말이야. 나탈리에게는 엄마가 필요해."

발테르가 말했다.

"고맙습니다."

미나는 갑자기 목이 메었다. 당황스럽게도.

발테르의 말은 미나에게 놀라울 정도로 많은 의미가 있었다. 하지만 지금은 나탈리의 아버지를 찾는 데 집중해야 했다. 너무 늦기 전에. 지나간 30분 동안 미나는 뭔가 이상하다는 느낌을 점점 더 많이 받았다. 모든 것이 연결되어 있다는 사실은 확실했다. 하지만 뭔가 다른 것도 있었다. 뭔가를 간과한 것 같았다. 어떤 중요한 일을.

## *7일 전*

빈센트는 한숨을 내쉬었다. 베냐민은 자정 무렵에 친구 집에서 돌아왔고, 그 이후로 빈센트는 제대로 잠에 들지 못했다. 간밤에 집 여기저기를 거닐면서 누가 침입하지 않았는지 확인하느라 시간을 다 보냈다. 현관문이 잠겼는지 수없이 여러 번 확인했다. 집 뒤편과 앞쪽을 계속 손전등으로 비추며 눈 속에 혹시 무슨 흔적이 있는지도 살폈다.

그러다 중간중간 몸을 눕히고 잠깐 졸기도 하다가 다시 일어나서는 모든 과정을 되풀이했다. 자신의 행동이 완전히 비이성적이라는 사실을 스스로 알고 있었다. 하지만 밤의 어둠 속에서 합리성이 자리를 잡기는 어려웠다.

몸을 돌려 알람 시계를 봤다. 7시 30분이었다. 이제 더 미룰 이유가 없었다. 그는 침대에서 몸을 굴려 일어나다가 구겨진 이불에 발이 걸려 하마터면 쓰러질 뻔했다. 침대에서 보낸 짧은 시간 동안 상당히 자주 뒤척였던 모양이다.

"자, 메리 크리스마스."

그가 중얼거렸다.

그리고 고개를 저었다. 이런 식으로는 안 돼. 크리스마스이브잖아. 글뢰그와 사프란 빵으로 하루를 시작해야지. 그는 목욕 가운 대신 크리스마스 분위기가 나는 양모 스웨터와 빨간 줄이 있는 녹색 내복 바지를 입고 부엌 쪽으로 향했다. 가는 도중에 턴테이블에 시선이 닿자 걸음을 멈췄다. 잠깐 음반들을 뒤져서 전자 음악의 선구자인 랄프 룬스텐의 '한겨울의 동화'를 찾아냈다. 전통적인 크리스마스 앨범은 아니지만 죽을 만큼 피곤할 때 듣기에는 완벽하게 좋았다.

낭만적인 겨울의 소리가 부엌으로 가는 그를 따라왔다. 전날 경찰서에서 집에 오는 길에 사 온 사프란 빵을 데우려고 오븐을 켰다. 사프란 빵은 따뜻할 때 먹는 게 가장 맛있었다. 잠깐 기다렸다가 전기 레인지도 켰다. 곧 크리스마스 분위기를 내는 향기가 부엌에 퍼졌다. 글뢰그를 전기 레인지에 올리고 커피메이커에 커피 가루를 채운 다음 베냐민을 깨우러 가려는데, 침실에 있는 휴대폰이 울렸다.

그는 서둘러 침실로 달려가 숨을 헐떡이며 전화를 받았다.

"메리 크리스마스. 빈센트입니다."

"여보세요. 로케예요."

수화기 저편의 목소리가 말했다.

"이렇게 일찍 전화해서 죄송합니다. 더구나 크리스마스이브인데요. 하지만 빈센트 씨 말고는 누구에게 전화해야 할지 모르겠더라고요."

"아, 로케 씨. 무슨 일이에요?"

"네, 그러니까…… 제가 지금 연구실에 왔는데…… 법의학연구소에 도둑이 들었어요. 도구가 몇 가지 깨졌고요. 무엇보다도…… 으음, 뼈가 사라졌어요. 오덴플란에서 발견한 오래된 뼈 말이에요. 어제저녁에 구닐라에게서 돌려받았거든요. 그런데 사라졌어요. 따로 담아서 다른 탁자에 분명히 놓았는데 그 탁자가 지금 비었어요. 여기저기 다 찾아봐도 없고요."

빈센트는 휴대폰을 귀에 댄 채 다시 부엌으로 갔다.

"밀다가 치운 게 아닐까요?"

그가 오븐을 끄며 물었다. 그런 다음 한 손으로 오븐을 열고 빵을 만져 봤다. 딱 적당하게 미지근한 온도였다.

"아니요. 제가 밀다보다 먼저 여기 왔어요. 제 생각에는…… 아니, 생각이 아니라 확실해요. 뼈를 도둑맞은 거예요."

로케가 말했다.

"그런데 이유를 모르겠어요."

"혹시 나한테 전화하는 것보다 더 나은 아이디어는 없었어요?"

빈센트는 냄비 잡을 때 쓰는 헝겊을 쥐고 한 손으로 오븐에서 석쇠를 꺼냈다. 그런 다음 오븐 문을 발로 닫았다.

"제가 해골을 지키는 책임자거든요."

로케가 걱정스러운 말투로 말했다.

"그런데 분실했잖아요. 저 때문에 도둑맞은 거예요. 아직 신고는 하지 않았어요. 신고하는 순간 저는 잘릴 거예요. 제가 밀다와 같이 이 일을 하는 걸 얼마나 좋아하는지 빈센트

씨도 아시잖아요. 그리고 경찰도 아니시고요. 그래서 빈센트 씨에게 어쩌면…… 좋은 아이디어가 있을지도 모르겠다고 생각했어요. 이 일은 일단 우리끼리 아는 걸로 하고요……."

빈센트는 한숨을 내쉬었다. 베냐민과 함께하려던 편안한 크리스마스 아침 식사는 물 건너갔다.

"알았어요. 내가 갈게요. 하지만 미나를 데리고 갈 거예요. 미나는 이런 일에 나보다 훨씬 나으니까요."

"아니, 아니. 안 돼요."

로케가 당황해서 소리쳤다.

"경찰은 안 돼요. 우리가 해결책을 찾기 전까지는. 안 그러면 저는 해고돼요."

"미나는 오늘 휴무예요."

빈센트가 대답했다.

"그러니까 오늘은 경찰이 아니라고요. 그리고 나보다 절차를 잘 알기 때문에 우리를 도와줄 수 있어요."

로케는 잠시 말이 없었다.

"빈센트 씨 생각이 확실하다면요."

이윽고 그가 대답했다.

"저는 일단 밀다를 위해 처리할 일이 있는데, 오후에는 빈센트 씨와 부검실에서 만날 수 있어요. 뼈는 이미 사라졌으니 아주 급하지는 않네요. 그사이에 누가 와서 여기를 정리하지도 않을 거고요. 크리스마스이브니까요. 나중에 다시 전화할 게요."

로케가 전화를 끊었다. 빈센트에겐 예상했던 것과 다른 아침이었지만, 어쨌든 크리스마스 아침 식사를 포기할 필요는 없게 됐다. 또 미나도 만날 수 있을 것이다. 사실 이보다 멋진 크리스마스이브는 없다. 운이 따른다면 최소한 하루 더 시내에서 머물 일이 생길지도 모른다. 마리아 부모님의 집에 가는 일을 미루기에 적당한 이유가 될 터였다. 그에게 가족 모임은 짧을수록 좋았다. 하지만 아무리 짧게 만나도 마리아의 친척들은 항상 어떤 식으로든 그를 비난할 시간을 찾아냈다.

그는 커피메이커를 켜고 베냐민의 방문을 노크했다.

"잘 잤니?"

그가 큰 소리로 말했다.

"아직 끔찍할 만큼 이른 시간이라는 거 알아. 그래도 커피와 사프란 빵을 차려 놨어. 크리스마스 향기가 풍기지? 아들, 잠깐만 나와서 같이 먹자. 나중에 또 누우면 되잖아."

문 안쪽은 고요했다.

"도대체 술을 얼마나 마신 거야?"

빈센트가 문을 조금 열었다.

"그렇게 늦게 오지도 않았으면서."

베냐민의 방은 나무랄 데 없이 깔끔하게 정리된 상태였다.

모든 물건이 제자리에 놓여 있었다. 베냐민처럼 방에 오래 머무는 사람으로서는 유지하기 힘든 수준으로 깨끗했다. 침대 정리까지 되어 있었다. 낮에 덮어 두는 침대보도 반듯했고, 베개도 잘 털어서 납작하지 않게 부풀어 있었다.

베냐민만 없었다.

눈에 보이지 않는 손이 빈센트의 목을 옥죄어 왔다. 아니, 그냥 신경 쇠약인지도 모른다. 일찍 일어나서 벌써 나갔을 수도 있다.

베냐민이 크리스마스이브 아침 7시에 집에서 나갈 이유가 전혀 없다는 것만 빼면. 빈센트는 점점 더 커지는 감정에 굴복하지 않으려 몸부림쳤다. 그게 무슨 도움이 된단 말인가?

아들에게 전화하려고 부엌으로 들어가다가 문간에 멈췄다. 부엌 식탁 위에 손으로 쓴 메모가 놓여 있었다. 너무 피곤해서 지금까지 못 본 모양이었다. 그는 종이를 집어 들었다. 어쩌면 아들이 남긴 메시지인지도 모른다. 그러나 그걸 읽기 시작하자, 갑자기 부엌 전체가 빙빙 돌았다. 그는 넘어지지 않으려고 식탁을 붙잡았다.

뒤쪽에서 커피메이커가 야단치듯 삑삑 소리를 냈다. 유리 주전자를 내려놓는 걸 잊어버려서 뜨거운 커피가 조리대로 쏟아졌다. 바닥에 홍수가 나기 직전이었다. 흘러나온 커피가 이미 조리대 모서리에 도달해서 찬장 앞쪽으로 방울방울 굴러떨어졌다.

얼핏 봐도 대재난이 일어날 판이었지만 그는 신경 쓰지 않았다. 곧장 휴대폰을 들어 마리아에게 전화했다. 신호음이 여러 번 울리는데도 마리아는 전화를 받지 않았다. 레베카에게 전화했다. 베냐민에게도 했다. 마지막에는 전처인 울리카에게도 전화했다. 아무도 받지 않았다.

그가 손에 든 편지는 그림자에게서 온 것이었다. 빈센트는 편지를 다시 한번 읽고, 차가운 손이 목을 점점 더 세게 움켜쥐는 것을 느끼며 모두에게 다시 전화를 걸었다.

\*

"할아버지!"

율리아 아버지가 현관문을 열자 하뤼가 큰 소리로 외쳤다. 하뤼는 기쁨에 온몸을 떨며 할아버지에게 달려들었다.

"할아버지의 작은 보물이 왔구나!"

율리아 아버지가 환호하며 하뤼의 배를 간지럽혔다. 하뤼는 웃느라 새된 비명을 질렀다.

율리아는 미소를 감출 수 없었다. 가족 중 최소한 한 명은 크리스마스 파티를 즐길 수 있게 됐다. 그녀 옆에 서 있는 토르켈은 어딘가 멀리 가 버리고 싶은 표정이었다. 아마 진심으로 그러고 싶을 것이다. 율리아가 반려자를 선택했을 때 부모님은 그다지 기뻐하지 않았다. 하뤼가 태어난 후 사위와의 관계가 약간 나아졌지만, 완전히 벽이 허물어진 것은 아니었다.

"들어와라!"

두 사람이 현관에 들어올 수 있게 아버지가 옆으로 비켜섰다. 그러면서 노골적으로 시계를 쳐다봤다. 원래 1시에 도착했어야 했다. 율리아도 늦었다는 사실을 알고 있었다. 토르켈과 서로 거의 말을 하지 않게 되면서 집에서 하는 모든 일에 시간이 훨씬 더 걸렸다. 겨우 10분 늦었을 뿐이지만 경찰서장에게는 일주일 늦게 온 거나 마찬가지로 용서할 수 없는 잘못이었다.

"아버지, 진정하세요. 업무상 만남이 아니라 크리스마스 식사 자리잖아요. 메리 크리스마스."

"나쁜 버릇은 초장에 싹을 잘라야지!"

아버지가 말했다.

"하지만 네 말이 옳아. 들어와라. 하뤼, 크리스마스트리를 보여 줄게."

경찰서장이 하뤼를 거실로 데리고 갔다. 또다시 환호성이 울려 퍼졌다.

"트리가 참 예쁘지?"

율리아가 외투를 벗는데 아버지의 목소리가 들렸다.

"아니, 그건 만지면 안 돼. 트리에 매달아 둬야지……. 그것도……. 이런, 금술을 당기면 전체가…… 조심, 조심해라. 이건…… 아이고, 괜찮아. 이 장식 볼은 어차피 이제 더 안 쓰는 거야. 어이쿠…… 그것도 이제 못 쓰겠구나."

율리아는 속으로 미소를 지었다. 딸이 어릴 때 주지 않았던 사랑이 쌓여서 이제 손자에게 쏟아지는 듯했다. 아버지의 댐이 무너졌다.

현관에 선 토르켈은 아직 신발도 벗지 않은 상태였다.

"할 일은 하자."

율리아가 남편에게 나지막하게 말했다.

"엄마, 아버지가 이제 한 시간 동안 하뤼에게 간식거리를 먹이실 거야. 그 후에 나오면 돼."

토르켈이 고개를 끄덕이고 재킷과 신발을 벗었다. 율리아는 거실로 들어가는 그의 뒷모습을 바라봤다. 그가 멀어질수록 율리아는 숨쉬기가 편해졌다. 곧, 이제 곧 크리스마스를 무사히 넘길 수 있을 터였다.

\*

전날 브룸마에 있는 발테르의 우아한 저택에서 나오자마자 미나는 니클라스의 심리 치료사 전화번호를 찾았다. 찾기는 어렵지 않았다. 베아타의 주소록은 빼곡하기는 했지만 한눈에 들어오게 아주 잘 정리되어 있었다. 미나는 팀원들에게 니클라스의 예전 심리적 문제에 대해 이야기하고 그들에게 전화번호를 넘겼다. 차마 전남편의 과거 이야기를 들을 용기가 없었다.

그것 말고는 할 일이 없었다. 오늘은 크리스마스이브였다. 세상이 멈춰 있고 모든 것이 오로지 크리스마스 요리와 선물을 중심으로 돌아가는데, 그녀 자신은 빈둥거림이라는 저주를 받은 듯한 기분이 들었다. 동시에 시간은 가차 없이 12월 31일을 향해 흘러갔다. 니클라스가 지금 어디에 있든, 이제 그에게 남은 시간은 7일이었다.

"아빠 없이 크리스마스를 보내는 게 이상해요. 여기 그냥 앉아 있을 게 아니라 아빠를 찾아야 되는데."

나탈리가 말했다.

"꼭 경찰처럼 말하는구나."

미나는 억지로 미소를 지었다.

"경찰이 최선을 다하고 있을 거야. 내 말을 믿어."

나탈리는 소파에 앉아 양모 담요를 덮고 종일 거기서 움직이지 않았다.

"엄마 동료들이 심리 치료사와 연락이 닿았대요?"

나탈리가 천 번째로 똑같은 질문을 했다. 미나 역시 딸만큼이나 절망스러웠다. 하지만 아직 인내심을 놓지는 않았다.

"이미 말했듯이 경찰은 최선을 다하고 있어. 하지만 그 심리 치료사가 몇 년 전에 은퇴한 뒤로는 탐험 여행을 다니는 중이라 일단 그가 어디 있는지부터 찾아내야 해. 어제저녁에 아담한테서 연락이 왔는데, 지금 그 사람은 르완다에 고릴라를 보러 갔대. 그래서 정글에 있는 동안은 전화 연결이 안 된다나 봐."

"알겠어요."

나탈리는 다시 텔레비전 화면을 노려봤다.

"난 그냥 빨리 아빠를 찾고 싶을 뿐이에요."

미나 역시 아무 생각도 없이 채널을 이리저리 돌리다가, 결국은 텔레비전을 끄고 자리에서 일어났다.

"지금 아무것도 하기 싫은 거 알아. 네 아빠를 제외하고는 그 무엇에도 관심이 없겠지. 하지만 내 생각에 아빠는 우리가 그래도 재미있게 지내기를 바랄 거야. 어떻게 생각해? 한번 해 볼까?"

정적. 오랜 정적. 그러다 나탈리가 자신 없는 표정으로 미나를 쳐다보더니 나지막하게 물었다.

"뭘 해야 하죠? 크리스마스는 도대체 어떻게 보내요?"

"그건 우리가 직접 정하는 거지. 넌 뭘 하고 싶어?"

미나는 무엇이든 받아들이겠다는 듯 양팔을 활짝 벌렸다.

"엄마, 어디까지 견딜 수 있어요?"

나탈리가 삐딱하게 웃었다.

미나의 심장이 뛰었다. 딸이 뭘 원하는지, 어떤 요구를 할지 알 수 없었다. 하지만 그런 건 아무 상관 없었다. 미나의 혈관에서 강한 모성 본능이 요동했다. 그녀가 오랫동안 이길 수 없다고 생각했던 힘보다 강력했다.

"뭐든지."

미나가 진심 어린 목소리로 말했다.

"난 뭐든 할 수 있어."

나탈리가 미심쩍다는 눈길로 그녀를 빤히 봤다. 그러다가 양모 담요를 옆으로 젖히고 소파에서 일어섰다.

"옷 입으세요. 슈퍼마켓은 아직 문을 열었으니까."

"슈퍼마켓?"

미나는 다시 강력한 불안감이 밀려오는 것을 느꼈다.

"거기서 뭘 하려고?"

"과자 집 만들기 키트 사 주세요."

나탈리가 재킷을 입으며 말했다.

"다른 애들은 모두 크리스마스에 엄마랑 과자 집을 만들더라고요. 난 그게 항상 부러웠거든요. 아빠랑 한 번 해 봤는데, 완전 망했었어요. 아빠가 요리는 할 줄 아는데 집은 지을 줄 몰라요. 어때요? 우리, 과자 집 만들기 해도 돼요? 해 봐요! 뜨거운 시럽에 손가락도 데고, 글씨 쓰는 설탕 아이싱 튜브는 막히고, 지붕엔 엠앤엠즈 초콜릿을 올리고……. 엠앤엠즈가 좀 심각하게 달긴 하지만요."

 나탈리의 입에서 말이 마구 쏟아져 나왔다. 미나는 생각이 바뀔 틈도 없이 아이에게 곧장 다가갔다. 그녀와 딸 사이의 거리를 메우는, 작지만 거대한 발걸음이었다. 미나는 나탈리를 품에 안고, 아이의 머리카락에 입을 대고 거의 들리지 않을 만큼 작은 목소리로 말했다.

 "당연히 과자 집을 만들어야지. 내가 이 세상 무엇보다도 사랑하는 딸."

 두 사람이 슈퍼마켓에서 돌아와 과자 집 조각들을 막 붙이기 시작하는데, 초인종이 울렸다.

 "누굴까요?"

 나탈리가 손가락에 묻은 아이싱 재료를 빨아 먹으며 물었다.

 "글쎄. 누가 찾아오는 일이 거의 없는데 말이야. 더구나 크리스마스이브에."

 미나는 부러진 지붕 조각을 입에 넣고 문을 열었다. 문 앞에는 얼굴이 창백하게 질린 빈센트가 서 있었다.

 "세상에, 무슨 일이에요?"

 미나는 깜짝 놀라 그를 안으로 들어오게 했다. 소소한 수다가 필요한 때가 있고 그저 방해만 되는 때가 있는데, 지금은 명백하게 후자였다.

빈센트는 미나의 질문에 대답하기 힘든 듯했다. 그가 지금 무슨 생각을 하고 있는 건지 몰라도, 미나에겐 이런 모습이 처음이었다.

그는 미나를 몇 번이나 바라보다가 계속 고개를 돌렸다.

"편지를 받았어요……."

그가 드디어 입을 뗐다.

"엄마, 우리 엠앤엠즈 더 샀어요?"

나탈리가 부엌에서 소리쳤다.

"거의 다 쓴 것 같아요."

빈센트는 나탈리의 목소리가 들린 쪽을 바라봤다. 그런 다음 미나의 눈을 들여다봤다. 그가 원래 하려던 말이 무엇이었든 이제는 사라지고 없었다.

"로케 때문에요."

그가 원래 하려던 말 대신 다른 말을 이었다.

"우리더러 법의학연구소로 오라고 했어요. 누가 그곳에 침입해서 제일 오래된 해골을 훔쳐 간 모양이에요."

"그럼 그렇지."

미나는 자기도 모르게 재킷에 손을 뻗었다.

"급한 일이네요."

"아니, 전혀 아니에요. 로케가 오늘 아침 일찍 전화했는데, 자기가 오전 일을 마치고 돌아올 때까지 기다리라고 했어요."

"그래도 경찰에는 알렸겠죠?"

"아직이요. 로케는 그랬다가 해고될까 봐 걱정하고 있어요. 그리고 이미 일은 벌어졌고요. 나중에 전화한대요. 처음엔 집에서 혼자 기다렸는데, 로케한테서 전화가 왔을 때 우리가 한곳에 있는 편이 더 낫겠다는 생각이 들어서요. 집에는 어차피 내가 필요하지 않으니까."

미나는 재킷을 다시 걸고 고개를 저었다.

"누군가와 크리스마스를 같이 보내겠다고 이렇게 장황한 이유를 대는 경우는 들어 본 적이 없네요. 농담은 그만두고 진지하게 얘기하자면, 당신 가족이 안 좋아할 거예요. 특히 마리아는 화가 나서 펄펄 뛸 텐데."

빈센트는 몸을 움찔했다.

"가족은…… 나를 쫓아내는 걸 좋아했어요."

그가 대답했다. 미나는 그가 스스로에게 확신을 주려고 일부러 크게 말한다는 느낌이 들었다.

"빈센트, 무슨 일이에요?"

"지금…… 지금 말할 수는 없어요. 아 참, 사프란 빵을 가져왔어요."

그가 손에 든 봉지를 들어 올렸다.

"아마 조금 말랐을 거예요."

그가 걱정스러운 눈빛으로 봉지를 흘낏 봤다.

"집에는…… 사람이 없어서……."

빈센트는 말을 멈추고 다시 기묘한 표정을 지었다. 뭔가 말하려는 듯이 숨을 들이쉬더니 말은 하지 않고 몸을 숙여 신발을 벗은 다음, 새 신발장에 놓인 나탈리의 신발 옆에 자기 신발을 넣었다.

"뭔가 달라진 게 있었군요."

"맞아요. 나탈리가…… 아, 바로 보겠네요."

미나가 웃었다. 그리고 그를 거실로 데려갔다.

"빈센트 아저씨, 안녕하세요?"

나탈리가 부엌에서 나왔다.

"메리 크리스마스! 우린 과자 집을 만들고 있었어요. 이제 〈도널드 덕〉을 볼 거고요."

"앉아요."

미나가 말했다.

"과자 집 한 조각 먹어도 되는데, 소파에 부스러기를 흘리면 죽여 버릴 거예요."

셋은 소파에 앉았다. 빈센트는 미나와 나탈리 사이에 자리를 잡았다. 텔레비전에서 코미디언 페트리나 솔란제가 초에 불을 붙였다. 귀에 익은 방송인 벵트 펠드레이크의 목소리가 울려 퍼졌다.

"〈도널드 덕〉이라니."

빈센트가 팔꿈치로 나탈리의 옆구리를 찔렀다.

"난 어릴 때 이후로는 안 봤어. 너, 이런 걸 보기에는 이제 나이 들지 않았니?"

"어떻게 안 보실 수…… 아저씨, 아이들이 있잖아요. 그러면 크리스마스이브에 뭘 보세요?"

"아, 보긴 하지."

빈센트가 말을 바꿨다.

"하지만 나는 그 시간에 늘 산타클로스로 변장하거든."

미나는 평소에 늘 우아하게 차려입고 다니는 빈센트가 헤어스타일을 망가뜨리지 않으면서 어떻게 산타클로스 복장에 몸을 구겨 넣을지 상상했다.

"저는 나이 들지 않았어요."

나탈리가 대답했다.

"그걸 안 봐도 될 만큼 나이 든 사람은 없을 거예요. 그리고 〈도널드 덕〉이 끝나면 아저씨가 산타클로스 역할을 하세요. 안 그러면 과자 집도 나눠 드리지 않을 거예요."

빈센트는 충격을 받은 얼굴로 나탈리를 빤히 바라봤다.

미나는 더 이상 참지 못하고 요란하게 웃기 시작했다.

"빈센트, 글뢰그 마실래요?"

그녀가 눈물을 닦으며 물었다.

"좋아요!"

미나는 부엌에 가서 전기 레인지로 글뢰그를 데웠다. 그런 다음 김이 나는 글뢰그를 잔 두 개에 채웠다. 하나는 그를 위해, 하나는 자신을 위해.

"고마워요."

빈센트가 부엌에서 돌아온 미나에게 말했다.

"로케가 전화하려면 시간이 좀 더 걸릴 모양이네요."

미나가 고개를 끄덕이고는 글뢰그를 홀짝거렸다. 뜨거운 알코올이 몸을 따뜻하게 데워 줬다. 빈센트도 약간은 긴장을 푼 것 같았다.

"무알코올 글뢰그도 있는데, 줄까?"

미나가 나탈리에게 말했다.

"괜찮아요. 제로 콜라면 충분해요. 그렇게까지 크리스마스 분위기를 낼 필요는 없으니까."

빈센트를 가운데에 두고 셋은 다시 소파에 나란히 앉았다. 미나는 그에게 무슨 일이 벌어진 건지 묻고 싶었다. 하지만 나탈리가 있는 이곳에서는 아니었다.

텔레비전 화면에서 태엽 장난감들이 산타클로스의 작업장을 가로질러 갔다. 빈센트와 나탈리는 흥겹게 노래를 따라 부르며 박자에 맞춰 몸을 흔들었다. 미나는 빈센트의 목소리가 너무 날카롭게 울린다는 생각이 또다시 들었다. 그는 애써 기운을 내고 있는 것 같았다. 눈빛도 어딘지 모르게 평소와 달랐다. 축축한 눈은 생기가 없고 슬퍼 보였다.

빈센트는 나탈리와 함께 계속 노래를 흥얼거렸다. 하지만 그의 손은 미나의 손을 더듬어 찾아서 꽉 쥐었다. 미나는 어떻게 해야 할지 몰라 움직이지 않고 한동안 그대로 가만히 있었다. 두 사람은 그렇게 손을 잡은 채 앉아 있었다. 그가 노래를 멈추었다. 미나가 텔레비전 불빛에 비친 그의 얼굴을 보니, 빈센트의 뺨으로 눈물이 한 방울 흘러내리고 있었다.

\*

초인종이 울리자 사라는 앞치마에 손을 닦았다. 급하게 매듭을 풀고 앞치마를 벗어 의자에 던진 다음, 문을 열기 전에 현관 옷걸이 거울 앞에 서서 손가락으로 머리카락을 훑었다.

그러다가 이런 행동을 하고 있는 자기 자신에게 코를 찌푸렸다. 그냥 루벤이 오는 것일 뿐인데. 크리스마스에 착한 일을 하려고 초대한 사람. 누군가가 크리스마스이브에 집에 혼자 앉아 있을 거라는 생각을 견디기 힘들어서.

"엄마, 누구예요?"

재커리가 거실에서 소리쳤다.

"엄마 동료 루벤이야."

그녀가 문을 열면서 대답했다.

"아저씨가 우리랑 같이 크리스마스 파티를 할 거라고 했잖아."

문 앞에 서 있는 루벤은 선물 더미를 품에 안고, 어깨에는 커다란 가방을 메고 있었다. 눈이 조금씩 내리고 있었는데, 왜인지 눈송이 하나가 그의 속눈썹에 매달려 있었다.

"안녕."

그가 어색하게 인사했다.

"들어와."

사라가 한 걸음 옆으로 비켜섰다.

그가 가져온 선물 중 하나가 떨어져서 사라가 주우려고 쪼그려 앉았다. 그런데 루벤도 동시에 몸을 숙이는 통에 두 사람의 머리가 가볍게 부딪쳤고, 그 바람에 나머지 선물들도 현관 도어 매트에 와르르 쏟아졌다.

"이런, 나도 참."

그가 멋쩍게 웃었다.

"내가 소소한 선물이라고 하지 않았어?"

사라가 루벤을 도와 진홍색 포장지와 금색 리본으로 포장된 선물들을 주우면서 새된 소리로 말했다.

사라는 그가 선물을 직접 포장한 건지 궁금했다. 사라가 포장한 선물은 늘 흥분한 고양이 두 마리가 포장지를 가지고 논 듯한 모양새였다.

"당신 책임이야."

루벤이 말했다.

"선물을 사는 게 얼마나 재미있는지 당신이 가르쳐 줬잖아. 그리고 내 기억이 옳다면 당신 아이들은 다섯 살과 여섯 살이고. 그 나이에는 선물을 아무리 많이 받아도 부족하지. 포장하는 법까지 배웠어. 정말 보람 있는 훈련이었다니까."

"들어와. 방금 글뢰그를 올려놨어."

사라가 부엌으로 들어갔다.

막상 루벤이 집에 오니 사라는 기분이 이상했다. 그녀는 시클라 호숫가의 테라스 하우스에 살았는데, 커다란 창문으로 호수가 내다보였다. 그녀는 이 풍경을 좋아했다. 물가에서 자란 그녀에게 이런 풍경은 마음을 안정시키는 효과가 있었다. 이제 호수가 꽁꽁 얼어붙어서, 쉬는 날이면 아이들과 함께 스케이트를 타며 좋은 시간을 보냈다. 리아는 아직 어린데도 스케이트를 무척 잘 탔고, 벌써 한 발로 빙글빙글 도는 기술에 도전했다.

"어, 선물이 또 왔네."

크리스마스에 걸맞게 뺨이 붉어진 사라의 딸이 달려와서 소리쳤다. 아이는 루벤의 품에 있는 산더미 같은 선물을 빤히 바라봤다.

"너희들 선물이야."

루벤이 윙크했다.

"엄마에게 줄 작은 선물도 아마 있을 거고."

"우리끼리는 선물하지 않기로 했잖아. 난 당신 선물 안 샀어. 알고나 있으라고."

"이건 내가 준비하고 싶어서 한 거야. 당신과 크리스마스를 보낼 수 있게 되어서 말이지. 아, 아니, 당신과 아이들이라고 하는 게 더 맞겠네. 그리고 뭔가 먹을 것도 있을 거고, 그렇지?"

그가 갑자기 당황해서 묻자 사라는 웃음을 터트리며 대답했다.

"걱정 마."

사라는 그의 등에 한 손을 얹고 집 안으로 안내했다.

"먹을 거 있어. 그것도 아주 많이. 하지만 미리 말했듯이 크리스마스 음식은 아니야. 이제 그런 걸 더는 볼 수가 없어서. 대신 이탈리아 음식을 했어."

"잘됐네. 선물 어디에 내려놓을까? 선물을 지켜 주는 전나무가 여기 집 어딘가에 있나?"

리아가 열심히 고개를 끄덕이며 개방형 부엌 바로 옆의 넓은 거실을 가리켰다. 구석에 흰색과 은색의 장식 볼, 그리고 그 사이사이에 직접 만든 장식품들이 마구잡이로 달린 화려한 크리스마스트리가 있었다.

"부모 노릇 하다 보면 저런 게 정말 짜증 나."

사라가 투덜거렸다.

"유치원에서 보기 흉한 것들을 계속 끌고 오는데, 그걸 또 걸어 둬야 하니까."

"엘리노르는 아스트리드 방에 따로 트리를 놔 줬어."

루벤이 말했다.

"아이는 자기 기분에 따라 그걸 마음껏 장식했고, 엘리노르는 따로 거실에 있는 트리를 꾸몄지. 내가 보기엔 아스트리드는 두 트리 모두 자기 거라고 생각하는 것 같지만. 엘리노르에게 트리 장식이 얼마나 중요한지 잊고 있었어."

"어쨌든 천재적인 아이디어네."

사라가 감탄했다. 내년에는 꼭 그렇게 해야겠다고 마음먹었다. 그러다가 내년은 마이클 차례라서 아이들을 미국에 보내야 한다는 사실이 떠올랐다. 곧장 눈물이 솟구쳤지만 그 생각을 얼른 밀어 냈다. 지금이 중요하니까. 지금 아이들은 여기 있으니까.

"폭탄 문제는 어떻게 되어 가?"

루벤이 목소리를 약간 낮춰서 물었다.

"크리스마스에 할 얘긴 아니라는 건 알지만 걱정돼서."

"내 걱정 한 거야?"

사라가 눈꺼풀을 깜박거리며 물었다. 루벤은 얼굴이 새빨개졌다.

"농담은 집어치우고 말하자면, 진전이 있어. 직장에 불만을 품은 농업용품 도매업체의 전 직원이 정보를 줬거든. 도난 신고를 했던 질산 암모늄이 아직 그곳에 있다는 게 밝혀졌지. 그 직원은 업체가 질산 암모늄을 다른 창고로 옮기는 현장에 있었는데, 자기가 침묵한 대가를 충분히 받지 못했다고 생각하고 우리에게 전화한 거야."

"와, 충성심에도 가격표가 달렸구먼. 그러니까 본인들이 도둑질을 한 거네?"

"맞아."

사라가 고개를 끄덕였다.

"다른 업체들도 똑같을 거라고 추정하고 어제부터 지켜보는 중이야. 무엇보다도 그 업체들이 모두 같은 기업에 속한다는 걸 알게 됐거든."

"다시 말해서 폭발물을 다른 창고로 옮기라는 지시가 위에서 내려왔을 수도 있다고 보는 건가?"

"아직은 몰라. 이런, 글뢰그가 끓어 넘치네."

사라는 부엌으로 달려가서 전기 레인지를 껐고, 루벤은 거실로 가서 크리스마스트리 아래에 선물들을 내려놓았다. 사라의 귀에 리아와 재커리가 깡충깡충 뛰며 흥분해서 내지르는 환호성이 들렸다. 그러다가 소름 끼치는 고함이 울려 퍼졌다.

"그린치가 너희의 선물을 훔친다면 어떻게 할 테냐!"

사라가 얼른 거실로 뛰어가 보니 루벤이 팔을 휘두르며 선물 더미로 달려드는 중이었다. 아이들은 공포에 질린 척하며 신나게 비명을 질렀다.

"아, 아니지. 선물 말고…… 크리스마스 어린이들이 그린치의 마음에 훨씬 더 드는걸!"

그는 양쪽 겨드랑이에 아이를 한 명씩 끼고 성큼성큼 걸었다.

"리아와 재커리는 안 돼요! 그린치, 제발요. 이 아이들은 늘 착하게 행동했답니다."

사라가 애원했다. 루벤은 그 자리에 멈춰 서서 눈을 부릅뜨고 아이들을 바라봤다.

"그러니까 이 두 아이가 착하다고? 착하니까 산타클로스가 올 거란 말이지?"

사라는 그를 빤히 노려봤다. 산타클로스는 예약해 두지 않았다. 이곳에 친척도 없었고, 친구들은 모두 자기 가족들 때문에 바빴다. 그의 잘못은 아니었지만, 이제 루벤은 그가 해결해 줄 수 없는 아이들의 기대를 일깨워 버렸다.

"루벤……."

사라가 검지로 자기 목을 긋는 시늉을 했다. 하지만 그는 그저 싱긋 웃으며 현관을 흘깃 쳐다봤다. 사라도 그쪽을 봤지만 그곳에는 루벤이 가지고 온 커다란 가방밖에 없었다. 그러다가 그녀는 그가 무슨 말을 하려는 건지 깨달았다. 올해는 산타클로스가 오겠구나. 정기적으로 태닝을 하러 다니고 감정이 성숙하지 못하지만 자기만의 방식으로 멋진 중년 남자.

아름다운 크리스마스이브가 될 것이다. 아주 오랜만에.

\*

빈센트는 누가 밀다의 부검실 문에 손을 댔다는 사실을 밖에서만 보고도 이미 알아챘다. 로케가 그들에게 문을 열어 주고 긴장한 표정으로 주위를 살폈다. 그러다 나탈리를 보고 놀라서 살짝 움찔했다.
"미나가 같이 오는 건 저도 동의했는데요."
그가 말했다.
"왜 또 다른 사람도 데려왔죠?"
"크리스마스이브에 아이 혼자 집에 있기가 안 좋잖아요."
미나가 대답했다.
"있을 수 있는데요."
나탈리가 이어서 대꾸했다.
"그러기 싫었어요. 여기가 훨씬 재미있을 것 같아서."
"당연하지."
빈센트는 웃음을 참을 수 없었다. 그가 로케에게 말했다.
"로케 씨가 전화했을 때 텔레비전에서 〈칩과 데일〉을 방영하는 중이었거든요."
로케는 많이 당황스럽고 약간 불행해 보였다.

"이미 말했지만, 원래는 빈센트 씨 말고 다른 사람은 알 필요가 없다고 생각했어요."

로케가 미나를 보고 말했다.

"그리고 당신도 괜찮을 것 같았고요. 그런데 이제 고양이가 자루에서 나와서 비밀이 폭로됐네요. 슈뢰딩거라면 다르게 봤을 테지만요. 자, 모두 들어오세요."

로케는 평소 그와 밀다가 일하는 공간으로 그들을 들여보냈다. 지금은 아주 뒤죽박죽이었다. 도둑은 분명히 뭔가를 찾고 있었다. 에리카 세벨덴과 마르쿠스 에릭손, 욘 랑세트의 유골은 세심하게 정리되어 작업대에 놓여 있었지만, 네 번째 작업대는 빈 상태였다.

"오덴플란의 뼈가 저기에 있었어요? 아직 신원 확인이 되지 않았던 해골이요."

미나가 물었다.

빈센트는 미나가 정신을 집중했을 때 내뿜는 에너지에 다시 한번 놀랐다. 그의 삶은 그녀가 함께 있을 때만 색채를 얻는 것 같았다.

문간에 남은 나탈리는 정신없이 휴대폰만 쳐다보고 있었다. 여기가 '훨씬' 재미있다고 느끼는 건 아닌 듯했다.

"여기 침입한 사람이 몽땅 가져갔어요."

로케가 우울한 표정으로 고개를 끄덕였다.

"뼈뿐 아니라 우리 샘플과 사진들도요. 서류를 다 가져갔어요. 그게 알려지면 저는 진짜 쫓겨나요."

"지금 당장 신고해요."

미나가 말했다.

"로케 씨 잘못이 아니에요."

빈센트도 거들었다.

"제 상사에게도 그렇게 말씀해 주실래요?"

로케가 중얼거렸다.

네 번째 탁자.

네 번째 해골.

"네 번째를 찾아."

빈센트가 불쑥 내뱉고는 미나를 빤히 바라봤다.

"이제 알겠어요. 며칠 전에 수수께끼 같은 걸 받았거든요. 소포 안에 모래시계 네 개와 메시지가 있었어요. '시간이 다 지나가기 전에 네 번째를 찾아'. 난 그게 무슨 뜻인지도 몰랐고, 거의 잊어버리고 있었어요. 방금까지는요. 수사 초기에는 욘 랑세트만 있었죠. 그사이에 모두 네 명의 해골이 발견됐는데 그중 하나가 사라졌어요. '네 번째를 찾아'. 당신이 듣기에도 이 말이 희생자와 관련 있는 것 같지 않아요?"

"당신과 변태 같은 게임을 하려고 당신 팬 중에 누가 여기 침입해서 유골을 훔쳤다는 거예요?"

미나가 역겹다는 표정으로 되물었다.

"도대체 당신 팬들은 얼마나 정신이 나간 거예요?"

"그런데 네 번째는 이미 찾았었잖아요. 뼈를 다시 한번 찾는다는 게 무슨 의미가 있을까요?"

로케가 빈 작업대를 가리켰다.

"로케 씨 말이 맞아요."

빈센트가 말했다.

"좀 이상하게 들리죠. 그런데도 내 생각에는 뭔가 연관이 있는 것 같아요."

그는 입을 다물고 두 사람을 바라봤다. 그들도 서서히 그와 똑같은 생각이 드는 듯했다.

"신원 확인이 되지 않은 뼈가 아니라면⋯⋯."

빈센트가 다시 입을 뗐다.

"네 번째가 니클라스일 수도 있을까요? 내가 모래시계를 ⋯⋯ 살인범에게서 받은 건가?"

"시간이 다 지나가기 전에 네 번째를 찾아야 해요."

미나의 얼굴이 창백해졌다.

"지금 무슨 일이 벌어지고 있는 거예요?"

"전혀 모르겠어요. 하지만 우리가 찾아내야죠."

빈센트가 대답했다. 그리고 절박한 표정으로 로케를 쳐다봤다.

"그사이에 로케 씨는 경찰에 신고하는 게 좋겠어요."

\*

니클라스는 벽을 등진 채 하나뿐인 의자에 앉아 있었다. 좁은 방에는 매트리스와 작은 탁자가 있었다. 그것 말고는 여기저기 널브러진 쓰레기들뿐이었다. 그는 이틀 전부터 이 좁은 공간에 있었다. 창문이 없으니 시간을 계산하기가 쉽지 않았다. 휴대폰 배터리는 첫날 이미 떨어졌고 손목시계는 하필 그날 아침 집에 두고 나왔다.

그의 계산이 옳다면 오늘이 크리스마스이브였다. 그러니 이제 7일 남았다. 형편없이 짧은 이 일주일 동안 그는 살아 있을 것이다. 그런 다음 영원히 사라진다. 나탈리는 지금 걱정하느라 제정신이 아닐 터였다. 그는 수치스러워 눈을 감았지만 아무 소용이 없었다. 지금 자신이 그들 곁에 없다는 사실이 이루 말할 수 없이 부끄러웠다.

나탈리와 미나의 곁에. 그가 미나를 나탈리의 삶에서 배제한 것이 너무 무자비한 일이었던가? 물론 그와 딸을 떠나기로 한 것은 미나의 결정이었다. 그러나 그 해묵은 약속을 반드시 지키도록 강요한 사람은 그였다. 미나가 그렇게 오랜 세월을 딸과 함께 보내지 못한 것, 딸이 미나와 함께 보내지 못한 것은 그의 책임일까? 두 사람이 함께 있는 모습을 바라볼 수 있었고, 그 역시 그들과 함께할 수 있었던 세월을?

그가 원하는 건 나탈리를 품에 안고 선물을 쏟아부어 주는 것뿐이었다. 아이에게 인생 최고의 크리스마스 파티를 해 주고 싶었다. 그러나 이제 불쌍한 딸은 아버지가 어디 있는지 궁금해하며 크리스마스이브를 보내야 한다. 딸은 열여섯 살짜리가 겪어서는 안 되는 일을 당하는 중이었다.

그는 법무부 장관 자리가 위험하다는 사실을 내내 알고 있었다. 지난여름의 습격은 점점 더 커져 가는 그의 걱정을 눈앞에서 확인시켜 줬다. 충격적인 일이었지만, 예전부터 정치인이 암살당하는 일은 종종 있어 왔다. 그 역시 알고 있었다. 그럼에도 그는 물러나지 않고 계속 일했다.

그러나 그의 딸에게는 선택의 여지가 없었다. 딸은 어느 날 아버지가 흔적도 없이 실종될 수도 있음에 동의하는 국가와의 계약서에 서명한 적이 없다. 딸은 항상 함께하는 아버지를 둘 자격이 있었다.

그런데 그 아버지는 이제 곧 더 이상 이 세상에 없을 터였다.

위쪽에서 삐걱거리는 소리가 들렸다. 발소리였다. 그는 눈을 뜨고 긴장한 채 1층으로 이어지는 계단을 올려다봤지만, 계단을 내딛는 발은 보이지 않았다. 내려오는 사람이 없었다. 그는 안도의 한숨을 쉬고 다시 눈을 감았다.

토르도 있다.

가련한 그의 언론 대변인은 지금 아마 진땀을 쏟고 있을 것이다. 그새 살이 확 빠졌을 수도 있다. 토르가 소집한 보안 요원들 눈앞에서 니클라스가 사라졌으니 죄책감도 느낄 터였다. 니클라스는 지금까진 토르가 무슨 일이 벌어졌는지 잘 숨겼을 거라고 짐작했지만, 그런 상태가 오래 지속되지는 못한다. 토르는 이제 곧 기자 회견을 열 것이다. 크리스마스인 내일 바로 열지도 모른다. 언론 대변인이 직접 기자 회견을 소집하는 경우는 드물긴 해도 아주 없지는 않았다. 토르가 너무 오래 시간을 끌면 정보가 통제되지 못하고 새어 나갈 위험이 있다. 토르는 그런 모험을 하지 않을 것이다.

그러면 법무부 장관이 실종됐다는 사실을 다들 알게 될 것이다. 그 다음엔 그를 정신없이 찾을 테고.

그러나 아무 소용이 없을 것이다. 그를 찾을 방법은 없다.

\*

*이번에 아빠는 더 오래 떠나 있었다. 이따금 더 길게 떠나 있을 때도 있긴 했다. 아이는 벽에 선을 그으며 세었기에 정확하게 알았다. 7일. 이번에는 7일 더 오래 바깥에 머물렀다. 거의 두 달이었다.*

"아빠!"

너무 빨리 아빠에게 달려가는 바람에 아이는 하마터면 선로에 걸려 넘어질 뻔했다. 드디어 아빠 재킷의 부드러운 가죽에 뺨이 닿자 아이의 심장은 목까지 올라와서 뛰었다.

"우리 아가."

아빠 목소리는 늘 그렇듯이 밝고 사랑으로 충만했다.

"우리 아가."

아빠가 그를 꼭 껴안았다. 아빠의 팔은 아이를 바깥세상으로부터 보호할 만큼 강했다. 아이는 언제나 아빠가 다시 돌아오고 나서야 자신이 아빠를 얼마나 그리워했는지 느끼곤 했다.

"내 왕관을 잘 지켰니?"

아빠가 양손으로 아이의 얼굴을 꼭 쥐었다. 아이는 씩씩하게 고개를 끄덕였다.

"네, 그럼요. 바로 가서 가져올게요."

아이는 다리 힘이 닿는 대로 빠르게 내달렸다. 그리고 잠자리로 돌아가 큰 통들 뒤에 있는 자루를 뒤져 조심스럽게 왕관을 꺼냈다. 황금빛 양철이 불빛에 반짝였다. 왕관을 소매로 얼른 닦고 아버지에게 달려갔다.

"여기!"

아빠는 장엄하게 왕관을 썼다. 숱이 많은 그의 머리에 왕관은 다시 딱 들어맞았다.

"다른 사람들은 어디 있니?"

"먹을 것을 찾으러 위에 올라갔어요. 저는 목이 아파서 같이 가지 못했고요."

"그러면 우리 둘만 함께할 시간이 잠깐 있구나."

아빠는 그의 손을 잡고 잠자리로 돌아갔다.

"어디 계셨어요?"

아이는 이 질문이 금지됐다는 걸 알았지만 이번에는 참을 수 없었다.

"그 질문은 우리 생활에서 차지할 자리가 없는 거, 너도 알잖아."

아빠가 차분하게 말했다.

아이는 창피해서 해명하고 싶었다.

"이번에는 아빠가 너무 오래 안 계셨다고요."

아이가 나지막하게 말하고는 선로 위에서 균형을 잡고 있는 자기 발을 빤히 내려다봤다. 그러다 균형을 잃고 휘청거리자 아빠가 아이를 얼른 잡았다.

"하지만 이제 다시 돌아왔잖아. 다른 건 중요하지 않아. 내가 다시 온 게 중요하지."

아이는 아빠를 쳐다보며 미소를 지었다. 언제나 그렇듯이 아빠 말은 옳았다. 아빠가 돌아왔다. 모든 것이 제자리를 찾았다.

 빈센트가 돌아왔을 때 그의 집은 나갈 때와 마찬가지로 텅 비어 있었다. 그는 자신이 뭘 기대했는지 알지 못했다. 어쩌면 기적처럼 가족이 돌아와 있기를 바랐는지도 모른다. 하지만 기적은 일어나지 않았다. 그는 혼자였다. 베냐민도 없었다.

 빈센트는 주머니에서 휴대폰을 꺼내 아들에게 전화를 걸었다. 어디에 있든 간에 전화는 받겠지. 그러나 아이의 휴대폰은 꺼진 상태였다.

 아침에 그림자에게서 받은 편지와 수수께끼 같은 모래시계에 대해 생각하고 있는데, 어디선가 나지막하게 삑삑거리는 소리가 났다. 침실에 가니 알람 시계가 울리고 있었다. 알람은 16시 30분부터 울리고 있었다. 30분 전부터였다. 배터리가 거의 다 떨어져 있었다. 빈센트는 이마를 찌푸리며 알람을 껐다. 그는 원래 아침에 일어날 때만 알람 시계를 사용했다. 오후에 잠이 깨야 할 일은 없으니까.

 결론은 하나뿐이었다. 빈센트가 맞춘 알람이 아니다.

 그가 없을 때 누군가 여기 집에 들어와 알람을 맞춰 둔 것이다. 이 생각을 하자 그는 속이 메슥거렸다. 문제는 눈에 보이지 않는 적이 또 무엇을 했는가, 그리고 그가 지금 정말 집에 혼자 있는가였다.

빈센트는 갑자기 공격당할지도 모른다는 것을 염두에 둔 채 조용하면서도 재빠르게 집 이곳저곳을 훑었다. 그러나 집은 여전히 텅 비어 있었다. 그리고 모든 것이 그가 나갈 때와 똑같은 모습이었다. 없어진 것은 전혀 없었다.

명백한 것을 제외하고는.

그는 거실에 멈춰 섰다. 또다시 까마귀들이 눈 덮인 잔디밭에 앉아 있었다. 그런데 이번에는 두 마리밖에 없었다. 지난번처럼 꼼짝도 하지 않은 채, 서로 거리를 두고 떨어져 앉아서 빈센트를 빤히 바라봤다. 그 둘 사이에는 두 개의 흔적이, 그리고 오른쪽 새 옆에도 하나의 흔적이 눈 위에 남아 있었다. 친구 세 마리가 방금 날아간 듯했다. 빈센트는 나가서 새들이 진짜인지 확인하고 싶은 강력한 욕구를 느꼈지만, 이 행위를 스스로 금지했다. 미친 짓에 굴복한다는 뜻이 될 테니까. 그는 빈센트 발데르, 자신의 뇌를 그 누구보다 잘 통제하는 마스터 멘탈리스트였다.

아니, 혹시 아닌가?

그는 거실에만 있으면 생기는 두통이 심해지기 전에 부엌으로 도망쳤다.

## *6일 전*

기자 회견장이 가득 찼다. 토르는 낯익은 얼굴들에게 고개를 끄덕여 인사하고 소란이 가라앉기를 기다렸다. 크리스마스인데 이렇게 많은 언론인이 오리라고는 예상하지 못했다. 그만큼 관심이 커 보였다. 좋아, 지금이 결정적인 순간이야. 언론계에 이미 소문이 돌긴 했지만, 지금까지는 행정부와 경찰만이 니클라스의 실종을 알고 있었다. 이제 대중에게도 알려질 것이다. 그래서 말 한 마디 한 마디가 모두 중요했다. 토르는 세심하게 준비해 왔다.

그가 헛기침을 했다.

"다 오셨습니까? 그럼 시작합시다."

"총리는 어디 있습니까?"

《스벤스카 다그블라데트》의 기자가 물었다.

"총리도 여기 앉아 있어야 하지 않나요?"

"총리님은 저를 전적으로 신임합니다."

토르가 미소를 지었다.

"총리님이 여러분에게 인사를 전했습니다. 어쨌든 오늘 말씀드릴 가장 중요한 사안은 바로 그 소문입니다. 여러분 중 몇몇이 이미 저희에게 연락했었지만, 저희는 경찰 수사를 방해하지 않으려고 지금까지 확인해 드리지 않았습니다. 하지만 이제 상황이 엄중해져서 대중에게 도움을 청하게 되었습니다. 소문이 맞습니다. 스웨덴 법무부 장관 니클라스 스토켄베리가 실종되었습니다."

곧장 요란하게 웅성거리는 소리가 퍼졌다. 기자들이 마구 고함을 치며 토르의 눈길을 잡으려고 팔을 흔들었다. 그가 진정하라는 손짓을 했고, 본인도 놀랄 만큼 순식간에 효과가 나타났다. 침묵 속에서 그곳에 참석한 모든 기자가 여전히 손을 들고 있었다.

"얀?"

토르가 《다겐스 뉘헤테르》 기자에게 고갯짓을 했다.

"법무부 장관이 살아 있다는 신호가 마지막으로 확인된 건 언제였습니까?"

"12월 22일, 그러니까 사흘 전입니다. 바냐?"

《엑스프레센》 소속의 붉은 곱슬머리 여성이었다. 《아프톤블라데트》 기자가 화난 표정으로 토르를 쏘아봤다.

"그의 실종에 대해 확인된 사실이 있습니까?"

붉은 머리 기자가 물었다.

"납치 증거는요? 경찰은 그가 납치됐다고 추정하나요?"

"경찰의 업무 진행에 대해서는 현재 제가 밝힐 수 없습니다. 요아킴?"

《아프톤블라데트》 기자가 드디어 질문할 기회를 얻었다.

그는 질문하면서 토르를 빤히 노려봤다.

"법무부 장관 부재중에 당신이 그의 대행을 맡을 건가요?"

그가 한 마디 한 마디를 힘주어 말했다.

"당신이 법무부 장관의 언론 대변인을 맡기 위해 전도유망하던 본인의 경력을 내려놓았을 때 많은 사람이 놀랐습니다. 이제 기다리던 타이밍이 온 겁니까?"

토르는 못마땅한 듯 입술을 비틀었다.

"요아킴, 그 질문은 무례한 정도를 넘어서는군요. 제가 법무부 장관을 위해 일하라는 제안을 받아들였을 때 뭔가 꿍꿍이가 있었다고 가정하는 질문이네요. 그건 오랜 친구를 지원하고, 동시에 조국을 위해 일할 수 있는 탁월한 기회였습니다. 권력의 중심에서 일하는 것은 물론 특권이라고 생각합니다. 그리고 이 경험은 나중에 제 정치 경력에 당연히 도움이 될 테고요. 하지만 이미 말했듯이 이는 미래의 일입니다. 제가 은퇴하기까지는 아직 여러 해가 남았고 해야 할 일도 많으니까요."

여기저기서 웃음소리가 들려왔다.

"이제 원래 질문으로 돌아가죠."

토르가 말을 이었다.

"아니요, 저는 법무부 장관 대행이라는 짐을 지지 않을 겁니다. 절차가 그런 식으로 진행되지는 않습니다. 이런 경우에 대한 매뉴얼은 없지만, 안나 린드 장관 암살 사건과 지난여름 법무부 장관에 대한 공격에서 배운 것이 있습니다. 그러니 전혀 준비가 되지 않은 상태는 아닙니다. 그 이상은 말씀드릴 수 없습니다. 무엇보다도 법무부 장관을 어서 찾을 수 있기를 기원하고 있습니다. 그게 절대적인 우선순위입니다."

"경찰이 의심하는 인물이 있습니까?"

TV4의 기자가 물으며 마이크를 내밀었고, 카메라 한 대가 토르의 얼굴을 클로즈업했다.

그는 고개를 저었다.

"무슨 일이 벌어졌는지 모르므로 '의심'이라는 단어는 적절하지 않습니다. 우린 그저 대중의 관심을 요청할 뿐입니다. 법무부 장관을 목격했거나 그의 실종에 관해 뭔가 아시는 분은 경찰에 신고해 주시기 바랍니다."

"그의 전 부인이 경찰인데요. 수사에 참여합니까?"

《스벤스크 담티드닝》의 보딜 기자가 기대에 찬 눈으로 토르를 바라봤다. 그녀는 감동적이면서도 가슴 찢어지는 사연을 원하고 있을 것이다. 토르는 눈을 흘기지 않게 꾹 참았다. 그는 황색 언론을 별로 좋아하지 않았다.

"경찰 업무에 대해서는 제가 드릴 말씀이 없습니다."

그가 싸늘하게 대답했다.

위로 올린 손의 물결이 여전히 바다를 이루었지만, 그는 이제부터는 나왔던 질문이 반복될 뿐이라는 사실을 경험상 알고 있었다. 중요한 질문들은 이미 모두 나왔고, 그도 하려던 말을 했다. 기자들에게 그의 정치적 야망을 상기시킨 것은 나쁠 것이 없었다. 니클라스의 성공적인 경력에도 시간적인 한계가 있을 테니까. 하지만 지금은 상관을 찾는 일이 중요했다. 본인의 계획은 일단 기다려야 했다.

거센 항의에도 그는 기자 회견이 끝났다고 선언하고 복도로 나왔다. 기자 회견장에는 요란한 웅성거림이 계속됐다. 뉴스가 폭탄처럼 터질 것이다. 스웨덴 법무부 장관의 실종은 국내뿐 아니라 전 세계에 퍼질 터였다. 이제 한바탕 야단법석이 시작됐다.

토르는 사무실에 와서 의자에 털썩 주저앉았다. 볼펜이 살짝 미끄러져 있어서 책상 모서리와 평행이 되게 얼른 다시 맞추었다. 이제 모든 것이 그가 원하던 대로 완벽하게 질서를 이루었다. 그는 니클라스의 방문을 흘낏 쳐다봤다. 기분이 꺼림칙했다. 빌어먹을, 장관은 도대체 어디 있는 걸까? 그를 찾아야 한다. 그것도 당장. 대안은 없었다.

\*

미나가 경찰서에 도착하니, 로케가 로비의 대형 안내판 앞에 머뭇거리며 서 있었다. 이곳을 잘 모르는 듯했다. 그리고 옷을 너무 얇게 입고 있었다.

"로케, 안녕."

미나가 말했다.

"여기서 뭐 해요?"

로케는 움찔 놀라며 그녀에게 돌아섰다.

"아, 미나. 안녕하세요! 율리아 함마르스텐 씨가 저를 여기로 불렀는데, 어디 가야 찾을 수 있을지 모르겠어요. 저는 이제 해고되는 걸까요?"

"아니, 아닐 거예요. 내가 아는 한 율리아는 당신 상사가 아니거든요. 나도 지금 율리아에게 가는 길이니 데려가 줄게요."

미나는 보안 검색대를 통과할 때 필요한 출입증 카드를 꺼냈다.

"카드 받았어요?"

로케는 고개를 끄덕이고 재킷 주머니에 손을 넣었다. 그러다가 갑자기 얼굴을 환하게 빛냈다.

"아, 당신에게 보여 주려던 게 있어요. 빈센트 씨도 봐야 하는데. 지금 여기 있나요?"

"곧 올 거예요. 뭔데요?"

로케는 주머니에서 지퍼 백 두 개를 꺼냈다. 뼈가 하나씩 들어 있었다. 미나는 자기도 모르게 주위를 둘러봤다. 경찰서로비에서 뼛조각을 흔드는 일은 극히 드물었다. 다행스럽게도 주변에는 아무도 없었다.

"돼지 기억하세요?"

로케가 물었다. 미나는 나지막하게 한숨을 내쉬었다. 이건 정말 빈센트 담당인데.

"돼지를 통째로 끓이지는 않았어요. 농가에 가서 도살 부산물을 샀지요. 여기 이 뼈를 보세요."

미나는 그가 내민 봉지를 마지못해 받았다. 장갑을 끼고 있었고 봉지도 아마 진공 포장 상태일 테지만 내용물을 보니 구역질이 났다.

"뭘 봐야 하죠?"

미나가 미심쩍은 표정으로 물었다.

"물과 식초에 담가 살점이 다 떨어질 때까지 끓인 앞다리예요. 여기 작은 얼룩들이 보이나요?"

미나가 봉지를 빛에 비춰 봤다. 뼈 몇 군데에 회색 얼룩이 보였다.

"조직의 잔해예요."

로케가 그녀에게 두 번째 봉지를 건넸다.

"이제 다른 뼈를 보세요. 같은 방법으로 끓였지만, 이건 식은 후에 딱정벌레가 가득한 테라리엄에 넣었어요."

"그건 어디서 구했어요?"

미나 뒤에서 빈센트가 감탄한 목소리로 물었다. 미나는 하마터면 봉지를 떨어뜨릴 뻔했다.

"날 그렇게 놀라게 해야겠어요?"

미나가 새된 소리를 냈다.

"닌자 훈련이 효과가 있었네요."

빈센트가 그녀에게 윙크했다.

"그건 그렇고, 딱정벌레가 뭐 어쨌다고요?"

"자연사 박물관에서 빌렸어요."

로케가 대답했다. 그의 목소리에서 자부심이 묻어났다.

"우와, 거기 더메스타리엄이 있는지 몰랐네요."

빈센트가 말했다.

"뭐 어찌 됐든, 차이점이 보이나요?"

로케가 미나의 손에 있는 봉지를 가리켰다.

미나는 그가 무슨 말을 하는지 바로 알아챘다. 딱정벌레가 먹은 뼈에는 회색 얼룩이 전혀 없었다. 욘과 에리카, 마르쿠스의 해골처럼 아주 깔끔했다. 얼마나 많은 곤충이 뼈를 물어뜯었을까 상상하니 미나는 속이 심하게 메슥거렸다.

"작은 건달들이 배가 아주 많이 고팠나 보네요. 시간은 얼마나 걸렸죠?"

빈센트가 말했다.

"그다지 오래 걸리지 않았어요. 하지만 그건 딱정벌레 수에 달렸으니까요."

로케는 뼈 두 개를 다시 가져갔다.

"뼈가 크지 않으니 딱정벌레가 많으면 빨리 끝나죠. 몇 마리나 빌렸는지는 정확하게 몰라요. 하지만 틀림없이 2, 3천 마리는 될 거예요."

기름지게 반짝이는 애벌레와 딱정벌레 수천 마리가 우글거리는 유리 상자가 미나의 눈앞에 나타났다. 그녀는 침을 꿀꺽 삼켰다.

"우리, 늦은 것 같아요."

미나는 보안 검색대로 성큼성큼 걸어갔다.

\*

율리아는 경찰서로 다시 돌아온 것이 과하다 싶을 만큼 기뻤다. 부모님에게 다녀온 후에 셋이 크리스마스 파티를 하려고 해 봤지만 좋은 아이디어가 아니었다. 정말 해야 할 말은 전혀 꺼내지 않았다. 평화와 화해의 시간인 크리스마스이브 아닌가. 화해는 무슨 얼어 죽을. 토르켈을 보기만 해도 율리아는 두드러기가 돋았다.

그럼에도 두 사람은 하뤼를 위해 있는 힘껏 노력했다. 하지만 하뤼가 잠들자마자 토르켈은 집을 나갔다. 사실은 율리아가 쫓아낸 거였다. 틴더 회원인 남편과 저녁 내내 소파에서 함께 시간을 보내며 〈러브 액츄얼리〉를 보기란 불가능했다.

오늘은 좀 나았다. 최소한 오전은 남편과 아이 없이 보내는 데다가, 다른 사람들과 함께 있기는 하지만 어쨌든 아담도 만나니까. 누군가 '감정적 혼란'이라는 단어의 뜻을 묻는다면 심리학 사전 대신 율리아를 보여 주면 될 것이다.

노트북에서 고개를 드니 팀원들이 모두 모여 있었다. 곁눈으로 아담이 보였지만 모른 척했다. 빈센트가 너무 빤히 보고 있어서 율리아는 자신의 사회적 자아에서 1밀리미터도 벗어날 수 없었다.

크리스테르는 원래 자리에 앉았고, 보세는 이번엔 그의 옆이 아니라 구석에 있는 사료 그릇 옆에 자리를 잡았다. 크리스테르와 루벤 사이에 놓인 페데르의 의자는 비어 있었다. 루벤은 밤새 한숨도 못 잔 것 같았다. 율리아는 미나가 이상할 만큼 빈센트와 딱 붙어 앉았다고 생각했다. 그가 진한 레몬 향 세제에 목욕이라도 한 걸까.

문이 열리더니 로케가 살짝 당황한 표정으로 들어왔다.

"안녕하세요? 늦어서 죄송합니다."

그가 우물쭈물하며 말했다.

"화장실에 갔다가 길을 잃었어요. 오늘 여기서 일하는 사람이 거의 없어서 물어볼 수도 없었고요."

빈센트가 그에게 부드럽게 미소 지었다.

"이쪽은 로케야."

율리아가 말했다.

"국립법의학연구소에서 밀디와 같이 일하지. 혹시 모르는 사람이 있을까 봐. 그의 전문 지식이 우리 수사에 굉장히 큰 도움이 되기 때문에 참석해 달라고 했어. 이제부터 로케는 공식적인 협력 파트너야."

"영광입니다."

로케가 팀원들에게 고개를 숙였다. 그러고는 약간 불안한 얼굴로 회의실을 둘러본 후에 크리스테르와 루벤이 있는 곳으로 갔다. 그런 다음 두 사람 사이의 빈 의자를 당겨서 자리에 앉았다. 율리아는 몸이 굳었다. 다른 팀원들도 율리아처럼 충격을 받은 것 같았다.

몇 초 동안 회의실은 숨쉬기를 멈췄다. 그러나 세상은 멸망하지 않았다. 페데르의 유령이 그들에게 내려오지도 않았다. 벽에 걸린 시계의 바늘이 8시 59분에서 9시로 넘어갔다. 삶은 계속됐다.

"좋아, 그럼 시작하자."

율리아가 입을 열었다.

"법무부 장관 실종이 우리가 지금 수사 중인 사망 사건들과 연관이 있을 가능성이 있어서 상부의 재촉이 심해. 그를 찾는 것은 보안 경찰 담당이지만, 우리도 배경 정보를 제공하면서 최대한 그들을 도와야 하고."

"어떻게 연관이 있다는 거야?"

크리스테르가 물었다.

"아직 정확한 건 몰라요."

미나가 대답했다.

"내가 니클라스의 아버지와 이야기해 봤어요. 니클라스의 과거에서 특정한 사건, 그리고 실종되기 전의 그의 태도에 다른 희생자들과 비슷한 점이 있긴 하지만, 그게 다예요."

"실수가 있어선 안 된다는 걸 명심해 줘."

율리아가 말했다.

"이제 다음 건으로 넘어갈게. 루벤, 국가작전부에서 연락이 왔어. 사라 테메릭이 마노일로비치 가족에 대한 중요한 정보들을 너와 공유할 수 있도록 허가를 받았대. 국가작전부가 지금 페테르 크론룬드 집안을 수사하는 게 우리에게는 불행 중 다행이야. 물론 너도 우리가 알아낸 것을 사라에게 전달해도 돼. 우리 회의가 끝나자마자 사라와 연락을 하고, 일이 어떻게 진행될지 알아보도록 해. 이번 사건에 마노일로비치 집안이 연루됐다면 우리가 반드시 알아야 해."

"내가 페테르와 이미 얘기해 봤는데, 자기는 그 일과 아무 관련이 없다고 하더군. 구스타프가 드라간에게서 돈을 받은 것도 모른다고 했어. 어쨌든 사라한테 연락해서 일이 어떻게 …… 진행되는지 물어볼게."

율리아는 어리둥절했다. 루벤의 얼굴이 빨개진 것 같았다. 하지만 분명 착각일 것이다.

"미나."

율리아가 말을 이었다.

"아직 신원 확인이 안 된 뼈 주인의 나이와 사망 시기를 이제 대략 알고 있잖아. 2000년 무렵에 사망한 마흔 살가량의 남자라고 말이야. 그것만으로도 다행이긴 한데, 내가 잘못 들은 게 아니라면 그 해골이 사라졌다면서?"

"사라져?"

크리스테르가 목소리를 높였다.

"빌어먹을, 도대체 무슨 일이야? 왜 우리가 그걸 이제야 알았지?"

율리아는 그를 달래듯 바라봤다.

"어제 법의학연구소에 도둑이 들었어요."

로케가 의기소침한 표정으로 시선을 내리고 말했.

"다행히 이미 DNA 샘플은 채취한 후였지만, 일치하는 신원이 없었죠. 일단 경찰 데이터베이스의 자료들하고만 대조했어요. 상업용 DNA 목록과의 대조는 아직 허가를 받지 못했고요."

"상업 뭐라고요?"

아담이 물었다.

"사람들이 업체에 자기 DNA를 보내는 거요."

빈센트가 대신 대답했다.

"그러면 그 업체들이 보낸 사람에게 당신은 12퍼센트가 게르만족이고, 시카고에 사촌이 있고, 칭기즈 칸과 친척이라고 알려 주죠. 당연히 특정한 위험 요소가 있긴 하지만 무척 흥미로운 형태의 계보 연구예요. 25명 중 한 명은 자기 아버지가 친아버지가 아니라는 사실을 알게 된다네요."

"맞아요."

로케가 말했다.

"DNA 데이터 뱅크에 친척이 있으면 우리에게 정보가 와요. 우리는 샘플을 그곳에 보내도 된다는 허가만 얻으면 돼요."

보세가 일어나더니 크리스테르에게 가서 그의 발 옆에 누웠다. 율리아가 보니 보세는 오늘 플라스틱 방울이 달린 빨강과 초록 목줄을 하고 있었다.

"그 뼈가 언제 지하철 터널로 들어갔는지도 나왔어?"

율리아가 물었다.

"법인류학자의 연대 측정으로는 정확한 시기를 알 수 없대."

미나가 고개를 저었다.

"하지만 뼈에 낀 이끼가 최소한 20년은 됐다고 하더라고."

"완전히 처음부터 다시 시작해야겠네."

크리스테르가 한숨을 내쉬었다.

"2000년 이후로 지하철에서 이와 관련 있는 사건이 기록된 게 있는지 확인해 볼게. 연휴를 몽땅 투자해야겠네. 라세가 나를 죽일 거야."

"대신 우리가 크리스테르에게 영원히 고마워할 거예요. 라세에게 크리스마스 선물을 보내야겠네요."

율리아가 말했다.

"좋은 아이디어야. 라세는 초콜릿을 좋아해."

율리아는 노트북의 메모를 흘낏 봤다. 미나에게 부탁하면 좋아하지 않으리라는 걸 알았지만 어쩔 수 없었다.

"지하철 터널에서 미나가 해 온 녹음을 듣다가 생각난 게 있는데 말이죠."

율리아가 미처 입을 열기도 전에 빈센트가 말을 꺼냈다.

"안타깝게도 내가 직접 간 건 아니지만……."

"직면 요법 시켜 줘서 고마워. 이제 터널은 안 갈 거야."

미나가 율리아를 바라보며 끼어들었다.

"여러분과 대화한 사람 중에 한 명이 왕이라는 단어를 언급하더군요."

빈센트가 말을 이었다.

"OP라는 남자였어요. 팔메 암살 사건과 왕실에 대해 뭔가 헛소리를 늘어놓더라고요. 우리가 거기 좀 더 오래 있었다면 아마 프리메이슨과 빌데르베르흐 비밀회의 음모론까지 나왔을 거예요."

아담이 말했다.

"내 생각엔 그는 실제 스웨덴 왕을 말한 게 아니에요. 녹음 내용에서 이렇게 말했어요. '왕이 자신을 희생했다, 헛되이 죽었다'. 내가 보기에 왕은 그들 무리에 속해 있다가 죽은 사람일 겁니다. 여러분은 지하철 터널에 유해가 남은 사망자들을 수사 중이잖아요. 이 말은 지하철 터널에서 일어난 죽음과 관련이 있을지도 모릅니다. 연관성이 모호하고 어쩌면 아무것도 나오지 않을 수도 있다는 건 나도 알아요. 하지만 조사해 보지 않고 넘어갈 순 없어요."

"빈센트 말이 맞아."

율리아가 의견을 보탰다.

"나도 그 왕에 대해 더 알아보고 싶어. 그는 누구였는지, 그리고 무엇보다도 어떻게, 왜 죽었는지."

"그렇다면 아담이 한 번 더 가야 할 것 같은데."

미나가 말했다.

"협상 전문가잖아. 그리고 아래 내려갔다 올 때마다 옷을 모두 버려야 하니 이제 슬슬 비용이 부담스럽기도 하고."

"아담은 욘의 해골을 발견한 거리 예술가를 만나 봐. 그 사람이 드디어 우리와 얘기하겠다고 했거든. 터널에는 빈센트가 내려가도 되겠지. 아담이 하는 역할을 할 수 있잖아. 당연히 빈센트 혼자 내려가라고는 못 하지. 경찰도 아니고, 또 그 아래 있는 사람들을 아무도 모르니까. 하지만 미나, 그 사람들이 넌 알지 않아?"

"안 돼. 난 희생자들이 20년 전에 모두 같은 심리 치료사를 만났는지 알아내는 일만으로도 바빠. 조사할 게 엄청나게 많다고."

미나가 곧장 대답했다.

"그것도 물론 하고."

율리아가 말했다.

"일단 터널에 다녀온 후에 말이야."

"으음, 내가 시간이 날 것 같지 않은데요."

빈센트가 끼어들었다.

"모래시계에 집중해야 해서요. 그리고 어두운 터널은 전혀 내…… 왜요?"

미나가 그의 팔을 잡고 말했다.

"당신이 오케이한 거래가 있잖아요."

"있죠."

그가 화난 표정으로 대답했다.

"그래, 좋아요. 그렇게 해요."

"내 동료들 대신 사과할게요."

율리아가 로케에게 말했다.

"안타깝게도 자주 이런답니다. 하지만 로케가 와 줘서 무척 유익한 시간이었어요. 로케의 담당 업무에 대해 밀다와 논의해 보고 싶은데, 어떻게 생각해요? 우리의 소박한 팀에 지속적으로 참가하는 거예요. 이 사건이 끝난 후에도 로케의 지식은 우리에게 큰 도움이 될 것 같아요."

"기꺼이 참가하죠. 영광입니다."

로케가 살짝 미소를 지었다.

"자, 그럼."

율리아가 노트북을 덮었다.

"이제 가 봅시다."

미나는 다른 사람들을 먼저 내보냈다. 빈센트는 나가지 않았다. 미나도 그가 남을 거라고 생각했다. 전날 그녀와 나탈리를 찾아온 뒤로 그의 행동이 이상해졌다. 뭔가 말하려고 입을 열다가 마지막 순간에 그만뒀다. 미나는 그가 이렇게 무겁고 처지고 산만한 모습을 본 적이 없었다.

로케가 마지막으로 나가면서 빈센트에게 가자는 눈빛을 보냈지만 빈센트는 그냥 남았다. 로케가 나간 후 미나는 문을 닫고 마스터 멘탈리스트에게로 몸을 돌렸다.

"무슨 일이에요?"

그녀가 팔짱을 꼈다.

"나한테 화나거나 뭐 그런 건가? 당신, 어제부터 이상해요."

"내가 당신한테……."

빈센트가 눈을 동그랗게 떴다.

"아니, 오히려 반대예요."

미나는 조용히 그를 관찰했다. 까칠한 수염이 턱과 뺨에 자랐다. 면도를 하지 않다니, 그와 전혀 어울리지 않았다. 게다가 평소엔 늘 완벽하던 헤어스타일도 엉망이었다.

미나는 잠깐 망설이면서 까칠한 수염 사이에 자리 잡고 있을 박테리아에 대한 생각을 애써 떨쳐 버렸다. 그런 다음 양손으로 그의 얼굴을 잡았다. 손이 그의 피부에 닿자 전기가 통하는 듯한 느낌이 손가락 끝에서 퍼졌다.

"빈센트."

그가 미나의 양손을 잡고 한숨과 흐느낌이 섞인 소리를 뱉었다. 그의 손길에 가벼운 바스락거림은 강력한 전류로 바뀌었다. 미나는 숨이 가빠졌다.

"그게…… 원래는 말하면 안 돼요."

빈센트가 마침내 입을 열었다.

"당신만 알고 있어야 해요. 알겠죠?"

그가 주머니에서 구겨진 종이쪽지를 꺼냈다.

"어제 아침에 이게 부엌 식탁에 놓여 있었어요. 난 크리스마스 아침 식사를 준비하려고 했는데 베냐민이 없어졌고……그리고 나서 이걸 발견했어요."

"무슨 말인지 모르겠어요."

"직접 읽어 봐요. 가을 내내 나에게 선물을 보낸 사람한테서 온 편지예요. 모두 엄마와 관련이 있는 선물들이었어요."

"당신 어머니요? 무슨 상관이 있다고……."

종이를 펼친 미나는 입을 다물었다.

**빈센트, 메리 크리스마스!**
**우린 드디어 당신의 오메가에 도달했어.**
**그사이에 아마 당신 스스로도 알게 되었겠지.**
**울리카가 연락이 안 되는 이유가 있어.**
**마리아와 아스톤은 마리아의 부모 집에 없어.**
**레베카도 여행을 가지 않았고.**
**당신도 알아챘겠지만 베냐민도 집에 없지.**
**내가 데리고 있어. 그들 모두를.**
**당신은 평생 부인하며 살았어.**
**이제 진정한 당신이 누구인지 깨달아야 할 시간이야.**
**당신 자신에게서 더는 도망치지 말아야 할 시간.**
**당신이 이와 반대로 결정하면 가족을 다시는 못 보게 될**

거야.
스스로가 져야 할 책임을 회피하면서 다른 사람을 책임 질 수는 없어.
이러나저러나 빈센트 발대르는 멸망해.
당신이 가족을 데려갈지 아니면 혼자 갈지 선택하는 것뿐이야.
당신의 행동에 책임을 질 시간이 아직 며칠 남았어.
당신 차례야. 기다릴게.
메리 크리스마스!

추신. 경찰에게 알리면 바로 끝장이야. 당신도, 당신 가족도.
하지만 그거야 이미 알고 있겠지.

"이걸 24시간 동안 나에게 감추고 있었다고요?"
미나가 소리쳤다.
"빈센트, 왜 말하지 않았어요?"
손에 든 편지가 뜨거워졌다. 혈관에서 거칠게 고동치는 피가 느껴졌다.
"이제 더는 혼자 못 버티겠어요."
빈센트가 떨리는 목소리로 말했다.

"빈센트, 이건 납치와 심각한 협박이에요. 바로 행동에 들어가야 해요. 당신은 이 건물을 나서는 순간부터 경찰이 신변을 보호해 줄 거예요. 밤낮으로 우리 동료 중 한 명을 당신 집 앞에 배치하고, 당신 가족은…… 걱정하지 마요. 우리가 뭔가 방법을 찾을 테니까. 누가 이걸 보냈는지 짐작 가는 사람이 있어요?"

"당신은 이해 못 해요."

그는 회의실을 이리저리 초조하게 돌아다녔다. 마치 우리에 갇힌 동물 같았다. 그의 이런 모습에 미나는 절망했지만, 어떻게 도와야 할지 알 수 없었다.

"그 무엇도 소용없을 거예요."

빈센트가 말했다.

"편지가 부엌 식탁에 놓여 있었어요. 거기에 편지를 놓은 사람은 그저께부터 어젯밤 사이에 우리 집에 들어온 거예요. 내 생각에는 남자 같은데, 편지만 남긴 게 아니라 베냐민도 납치해 갔어요. 나는 전혀 눈치채지 못했고요. 잠을 거의 안 자고 있었는데도 그랬어요. 틀림없이 우리 집 열쇠를 가지고 있을 거예요. 아니라면 설명이 되지 않아요."

빈센트가 발걸음을 멈추었다. 그리고 바닥에 주저앉아 벽에 등을 기댔다.

"2년 반 전에 루벤에게 신문 기사를 보낸 사람과 동일 인물이에요."

그가 말을 이었다.

"그냥 알겠어요. 지난여름에 계속 나에게 수수께끼와 퍼즐을 보낸 사람. 내가 뭔가에 책임이 있냐고 하면서 말이에요. 그땐 노바가 보낸 줄 알았는데. 지금 이 일은 오랫동안 계획된 거예요. 경찰이 날 위해 뭘 하든 간에 이 사람은 그에 대한 대비책을 마련할 시간이 충분히 있었어요. 이제 우린 일종의 결말에 도달한 거예요. 하지만 나는 그 사람이 누구인지, 뭘 원하는지 전혀 몰라요."

"내가 보안 경찰과 얘기해 볼게요. 그리고 경찰서장인 율리아의 아버지한테도요. 지금 당장 조치를 취할 수 있어요."

미나가 말했다. 빈센트는 다급하게 고개를 저었다.

"안 돼요. 그런 계획 세우지 말아요. 경찰에게 아무 말도 하지 말라고요. 약속해 줘요. '경찰에게 알리면 바로 끝장이야'라고 쓰여 있잖아요. 내 가족을 위협하고 있는데 함부로 움직일 수는 없어요."

미나는 그의 옆에 쪼그리고 앉았다. 빈센트에게 할 수 있는 말이 없었다.

\*

루벤은 미리 전화하지 않고 사라의 집으로 향했다. 아이들이 어제저녁 늦게 잠자리에 들었고 그와 사라도 늦은 시간에 헤어졌으므로 분명히 다들 집에 있을 터였다. 어쩌면 아직 잠옷 차림일지도 모른다. 휴일에 업무 때문에 사라를 귀찮게 하고 싶지 않았지만 어쩔 수 없었다. 사라는 이해할 것이다.

시클라의 타운 하우스 앞에 서서 거실 창문으로 안을 들여다봤다. 그들은 엊저녁 대부분의 시간을 푸른 벨벳 소파에서 보냈다. 아무 일도 일어나지 않았다. 어쨌든 육체적인 관점에서는 그랬다. 하지만 동시에 한없이 많은 일이 생겼다. 루벤은 누군가와 그저 대화를 나누는 것이 얼마나 충만한 일인지 미처 예상하지 못했다. 자정이 훨씬 넘어서까지 그들은 신과 세상에 대해 토론했다. 스무 살짜리와의 섹스보다 좋았다.

그 생각을 하지 않은 것은 아니었다. 사라와 이야기만 해도 이렇게 흥미진진한데, 그렇다면…… 그만, 여기까지. 그 이상은 생각하지 말자. 지금 이런 생각을 하면 안 돼.

그가 집을 빙 돌아가서 초인종을 막 누르려고 하는데, 안쪽에서 사라의 목소리가 들려왔다. 통화를 하는 듯했다. 사라가 흥분해서 그런지 말하는 내용이 또렷하게 들렸다.

"그 정보, 어느 정도나 확실해?"

사라가 물었다.

"마노일로비치가 납치에 연루됐다면 피해자가 고문당할

위험이 높아. 너무 오래 지체하면 안 돼. 그 사람들, 지금 어디 있지?"

루벤은 움직이다 말고 멈췄다. 드라간 마노일로비치가 누군가를 납치했니? 하필 법무부 장관이 사라졌을 때? 이게 우연일 리 없다.

"튀레쇠 공업 지대?"

사라가 수화기 저편의 말을 반복하는 모양이었다.

"그래, 나도 알아. 그 창고는 빈드크라프트스베겐에 있잖아. 커브 길 직전 오른쪽에. 우리가 이미 오래전부터 거길 주시하는 중이야. 특공대가 얼마나 빨리 거기 도착할 수 있어?"

루벤은 조심스럽게 현관문에서 물러섰다. 뭘 해야 할지 알았다. 지금 출발하면 특공대보다 훨씬 일찍 그곳에 갈 수 있다. 가서 그 지역을 미리 돌아본 다음, 동료들이 도착하면 중요한 정보를 제공하는 거다. 그러면 사라의 눈에는 그가 영웅으로 보일 것이다.

그는 재빨리 자동차로 가서 전속력으로 달렸다. 여기서 그곳까지는 10분 거리였다.

\*

미나의 불안이 주변으로 전염됐다. 크리스테르에게 법무

부 장관이란 텔레비전에 나와서 마치 전쟁 중이기라도 한 듯이 심각한 얼굴로 범죄 실태에 대해 이야기하는 사람일 뿐이었다. 그러나 미나에게 그는 자기 딸의 아버지였다. 상상이 잘 안 되기는 하지만 미나의 전남편인 것이다.

그는 미나 생각을 밀어 냈다. 사적인 감정은 일에 결코 도움이 되지 않았다. 게다가 법무부 장관을 찾는 것은 그의 업무도 아니었다. 그는 지하철 터널에 뼈를 남긴 살인범에 대한 단서를 찾아야 했다.

늘 그렇듯이 모니터는 그에게 안전하다는 느낌을 주었다. 이제 그는 사무실을 떠나기가 싫었다. 팀원들이 더는 그에게 함께 출동하겠냐고 묻지 않아서 짜증이 나긴 했지만, 다른 한편으로는 적지 않은 범죄가 책상에서 해결됐다. 내부 시스템에는 수천 쪽의 보고서가 저장되어 있고, 그는 그것들을 끈질기게 뒤져서 자신이 사건 해결에 얼마나 크게 기여하는지 증명했다.

검색창에 '2000년'이라고 치자 검색 결과가 너무 많았다. '지하철'이라고 덧붙이니 훨씬 줄었지만 여전히 많았다. 스톡홀름 지하철에서는 매일 절도와 모욕, 상해와 기타 이런저런 사건들이 벌어졌다.

그 역시 처음 경찰이 되고 몇 년간은 지하철에서 순찰 근무를 했었다. 매 순간이 아주 싫었다.

한 시간이 지났지만 쓸 만한 것은 여전히 발견하지 못했다. 뭘 찾아야 하는지 몰라서 일이 더욱 힘들었다.

2000년 무렵에 어떤 남자가 사망했고, 그의 해골이 20년 후에 지하철 터널에서 발견됐다. 해골은 그곳으로 옮겨진 것일 수도 있다. 크리스테르는 여기 앉아서 어쩌면 찾을 수 없는 것을 찾는 중인지도 모른다. 하지만 그는 이런 상황에 익숙했다. 예상치 못하게 불현듯 뭔가 결정적인 것을 찾았을 때 내면에서 솟구치는 행복감이 바로 노력의 대가요, 무지개 끝에 있는 보물이었다.

목덜미에 차가운 외풍이 느껴졌다. 경찰서에도 겨울 냉기는 있었다. 그는 허리 스트레칭을 하려고 자리에서 일어났다. 라세가 그렇게 하라고 알려 줬다. 크리스테르는 라세의 말이 옳음을 어쩔 수 없이 인정해야 했다. 스트레칭은 책상에 한없이 앉아 있어야 하는 그의 업무를 좀 더 편하게 해 주었다.

그는 짜증스러운 눈길로 옆 책상을 흘깃 봤다. 그곳에는 다른 팀의 여성 동료가 엄청난 크리스마스 축제를 펼쳐 두었다. 산타클로스와 크리스마스트리 여러 개, 게다가 순록도 있었다. 빌어먹을 크리스마스. 그는 보안상 뒤를 슬쩍 돌아보고는 산타클로스 둘을 후배위로 세웠다. 이 불쌍한 녀석들도 재미를 좀 봐야 할 게 아닌가.

그러고는 히죽거리며 다시 자리에 앉아 검색을 계속했다.

시간이 흘러갔다. 글자가 흐릿해져서 커피를 한 잔 더 가져올까 고민하는데, 순식간에 잠이 깨는 뭔가를 발견했다. 바로 전화를 들어 보고서에 적혀 있는 번호를 눌렀다. 수십 년 전의 번호였지만 운이 따른다면 소유자가 여전히 같은 번호를 쓰고 있을지도 모른다. 사람들은 대부분 전화번호를 유지하니까.

"벵트 스벤손이오."

늙은 남자의 거친 목소리가 전화를 받았다.

크리스테르는 말없이 성호를 그었다. 찾으려던 사람을 찾아냈다. 이젠 그가 치매가 아니기만 바랄 뿐이었다. 그의 계산에 따르면 벵트 스벤손은 그사이에 80세쯤 됐을 터였다.

"스톡홀름 경찰서의 크리스테르 벵트손입니다. 2000년 사건 때문에 전화 드렸습니다."

"아하. 경찰이 인력난에 시달린다는 말은 자주 들었지만, 이 정도로 수사가 지체되는 건 새로운 기록이구먼."

벵트가 웃음을 터뜨렸다. 크리스테르는 그 말에 말려들지 않았다. 경찰과 인력이라는 주제는 대부분 결론이 나지 않았으니까.

"그 사건, 기억하십니까?"

그가 조심스럽게 물었다.

"내 머리가 어떻게 된 줄 아시오? 내 기억력은 젊을 때처럼 완벽하다오."

벵트가 화를 내며 씩씩거렸다.

"대단하시군요."

크리스테르는 미안해하는 말투로 대답했다.

"뭘 기억하시는지 말해 주실 수 있을까요?"

"당연하지. 난 그날 오후에 녹색선 열차를 운행했소. 퇴근 시간이 아직 시작되지 않았으니 아마 오후 2시 무렵이었을 거요. 3시 이후엔 승객이 꽉 차지만 그땐 절반쯤 차 있었소. 정확하게 로드만스가탄과 오덴플란 중간 지점이었지. 사람이 거기 서 있었소. 선로에 말이오. 예수상처럼 양팔을 활짝 벌렸더군. 그리고 쿵, 소리가 났지."

"그 후에 어떻게 됐습니까?"

크리스테르의 심장이 뛰었다. 그의 본능이 명확하게 중요 신호를 보냈다.

"나는 규정을 따랐소. 열차를 세우고 센터에 전화했지. 누군가 올 때까지 20분쯤 걸렸나. 그런데 기이한 일이 벌어졌다오."

"뭐였나요?"

크리스테르는 벵트의 대답을 이미 알면서도 초조하게 물었다. 그 다음 내용이 모니터에 떠 있었다.

"그들이 시신을 발견하지 못했소. 내가 그 불쌍한 사람을 쳤으리라고 예상되는 선로 지점과 기관차에 피가 묻어 있었지만, 아무리 둘러봐도 시신은 없었다오."

"그 상황에 대해 사람들은 뭐라고 하던가요?"

"담당자들이 그를 찾느라 난리가 났지. 아마 내가 그 사람을 가볍게 쳤고, 그래서 그가 절뚝거리며 사라졌을 거라고 하더군. 터널에 사는 사람 중 한 명일 거라고 했소. 잔인하게 들리겠지만 당시엔 그런 사람들에게 신경을 쓰지 않았소. 그래서 수색이 금방 종료됐지."

"하지만 선생님은 그 사람이 자기 힘으로 사고 현장을 벗어날 수 없었을 거라고 생각하시는 거죠?"

벵트는 다시 코를 씩씩거렸다.

"난 그때 이미 25년째 지하철 기관사로 일하고 있었소. 그래서 이런 식으로 삶을 끝내려고 열차에 뛰어드는 가련한 사람들을 자주 겪었지. 시속 80킬로미터였소. 기관차가 사람을 치면 어떤 소리가 들리는지 난 알아요. 그리고 그 사람에게 무슨 일이 벌어지는지도. 보기 안 좋은 광경이라오. 치인 사람은 살아남지 못하지. 기회가 없소. 아마 구급차가 도착하기 전에 누군가가 그의 시신 잔해를 치웠을 거요."

"그 사람들은 왜 그런 짓을 했을까요?"

"흐음, 그거야 모르지요. 아무도 관심이 없었소. 그런데 그걸 왜 지금 묻는 거요? 20년이나 지난 후에?"

"말씀드릴 수 없습니다."

크리스테르가 대답했다. 곁눈으로 크리스마스에 미친 동료 직원이 커피 잔을 들고 책상으로 돌아오는 모습이 보였다.

"선로에 있는 그 남자를 봤다고 하셨지요."

그가 말을 이었다.

"그 사람이 어떤 모습이었는지 말씀해 주실 수 있습니까?"

"몇 분의 1초 만에 벌어진 일이라오. 당시 내 기억이 더 정확하겠지. 보고서에 쓰인 말을 보는 편이 나을 거요."

"그래도 선생님이 아직 기억하고 있는 모습을 알고 싶습니다."

짝짓기 중인 산타클로스들을 못 본 채 자리에 앉는 동료를 보고 크리스테르는 터져 나오려는 웃음을 꾹 참았다.

"흐음……."

벵트가 생각에 잠겼다.

"그렇지. 그 후로도 가끔 그때 생각을 했소. 그 남자가 무척 커 보였던 건 기억해요. 마치 훈족처럼 보였소. 하지만 착각일 수도 있겠지. 빠르게 달리는 열차와 전조등 불빛은 어두운 터널에서 인지를 왜곡하니까 말이오. 어쨌든 내 느낌으로는 커다란 사람이었소. 머리카락과 수염 숱이 많았지. 그리고…… 또…… 알아요, 당시에도 이상하게 들렸고 지금도 여전히 그렇게 들릴 테니까. 하지만 그는 분명히 뭔가 반짝이는 것을 머리에 쓰고 있었소."

"반짝이는 것이요?"

크리스테르가 생각에 잠긴 채 물었다. 벵트는 그 말에 대답하지 않았다.

"그 사건이 해결되면 나에게 전화하겠다고 약속해 주시오."

기관사가 말했다.

"세월이 흐르는 동안 그 생각을 자주 했다오. 기관사 생활을 하면서 이상한 일을 많이 겪지는 않았는데, 유독 그 일이 잊히지 않는구려."

"최선을 다하겠습니다."

그는 공손하게 작별 인사를 하고 즐거운 크리스마스와 복된 새해를 맞기를 바란다고 말한 다음 전화를 끊었다.

그리고 몸을 뒤로 젖히고서 양손을 목덜미에서 깍지 끼었다. 옆의 직원은 자기 책상에서 벌어지는 점잖지 못한 행위를 여전히 눈치채지 못했다.

\*

"괜찮아요?"

빈센트가 미나를 빤히 바라보며 물었다. 그녀는 일부러 여유롭게 어깨를 으쓱했다. 빈센트에게조차 자신의 약점에 대해 말하는 것이 불편했다. 무엇보다도 그의 가족이 실종되고 니클라스도 갑자기 땅으로 꺼진 것처럼 사라진 이 상황에서 그 약점은 너무 하잘것없어 보였다. 수십 년 동안 지켜 온 비밀이 자꾸만 그녀의 발목을 잡았다. 어쨌든 지금은 터널로 다시 출동하게 되었고, 거기서 살아남는 데 온전히 정신을 집중했다.

"일을 할 때는 달라요."

미나가 대답했다.

"근무 중에는 내가…… 혼자 있을 때처럼 바보같이 행동해서는 안 된다는 걸 처음부터 잘 알고 있었어요. 그랬다가는 경찰이 되지 못하니까. 난 내 직업을 사랑하거든요."

빈센트는 인정한다는 표정으로 그녀를 바라봤다.

"당신은 어때요?"

미나가 물었다. 빈센트는 그의 우아한 옷차림과 비교하면 너무나 우스꽝스러워 보이는 투박한 부츠 끈을 묶느라 바빴다.

"이 빌어먹을 부츠만 아니라면……."

그가 중얼거렸다.

"청바지나 티셔츠는 하나도 없나 봐요?"

미나는 단정하게 주름이 잡힌 그의 바지와 깔끔하게 다려진 셔츠를 보며 물었다.

"이성적인 사람이라면 청바지를 입지 않아요. 데님이 납과 수은에 오염되어 알레르기를 유발할 수 있다는 사실이 2009년에 이미 밝혀졌잖아요. 그런 걸 왜 내 피부에 닿게 해야 하죠?"

빈센트가 대답했다. 미나는 고개를 저었다.

"됐어요. 난 당신이…… 그런 일이 닥친 게 정말 괜찮은지 알고 싶었어요."

"그 일에 대해서는 되도록 생각하지 않으려고 해요."

빈센트는 발이 신발에 맞게 들어가도록 마지막으로 한 번 더 제자리에서 뛰었다.

"우리가 지금 여기 있는 이유는 크리스테르가 왕에 관한 보고서를 찾아냈기 때문이잖아요. 기관사가 본 대로라면 지하철에 치였다는 사람 말이에요. 그 일에 대해 더 알아내기 전에는 율리아가 우리를 놓아주지 않을 거예요. 그러니 얼른 출발하죠."

두 사람 모두 손전등으로 무장하고 나란히 지하철 터널로 들어갔다. 쓰레기로 가득한 지저분한 터널로 들어가자마자 미나의 심장 박동이 빨라졌다. 그녀가 빈센트를 흘낏 바라봤다.

"폐소 공포증은 좀 어때요?"

"아마 박테리아에 대한 당신의 불안 정도와 비슷할 거예요."

이 환경에서는 둘 다 편안하지 않았다. 지금은 각자 자신만의 악마와 싸우고 있었다.

갈림길이 나왔다. 두 개의 터널 중 하나를 선택해야 했다. 미나는 어느 쪽을 택할지 고민하면서 벽에 쓰인 낙서를 읽었다. '*이 개자식아, 네 엄마랑 하든가 죽어 버려라*'라는 양자택 일이 쓰여 있었다. 미나는 주머니에서 볼펜을 꺼내 '카르페 디엠'을 덧붙여 쓸까 하다가 그만뒀다. 이런 분위기에서는 재치 있는 아이디어가 떠오르지 않았다.

"왼쪽으로요."

그녀가 고민 끝에 말했다. 그리고 한없는 어둠으로 이어지는 듯한 터널을 가리켰다.

"아주 좋아요."

빈센트가 살짝 새된 목소리로 대답했다. 미나는 용기를 북돋우듯 그의 위팔을 툭 쳤다. 하지만 뭔가 부드러운 것이 부츠를 빠른 속도로 스쳐 지나가자 자기가 그보다 낫다는 느낌은 순식간에 사라졌다. 미나의 비명이 터널 벽에 메아리쳤고, 그녀는 하마터면 빵 봉지를 손에서 떨어뜨릴 뻔했다.

"들쥐예요."

빈센트가 왼쪽 터널로 들어가는 엄청나게 큰 설치류의 뒷모습에 손전등을 비췄다.

"아, 그렇군요. 난 또 잭 러셀 테리어인 줄 알았네요. 아니면 샴고양이거나. 이제 가요. 여기 서 있는 것도 스트레스예요."

미나가 툴툴대며 말했다. 그러고는 마음먹은 것보다 훨씬 더 단호한 걸음걸이로 앞장섰다.

"당신이 나에게 선물한 안료 말이에요."

"그게 왜요? 써 봤어요?"

"장난해요? 그거 이름이 뭐였죠? 그림자라는 뜻의 라틴어였잖아요. 이곳에 잘 어울릴 것 같아서요."

"움브라. 가장 어두운 그림자."

미나는 고개를 끄덕이고 그 단어를 혀끝에서 굴려 봤다.

"움브라. 아름다운 단어네요."

빈센트도 고개를 끄덕이며 말했다.

"내가 무척 좋아하는 단어예요."

시간이 흐르자 눈이 어둠에 익었고, 지난번처럼 천장에 중간중간 전등이 있어서 손전등 불빛이 비추는 것보다 많은 것이 보였다. 미나는 심장이 빠르게 뛰었다. 빈센트를 보니 얼굴이 평소보다 창백했다. 그나마 미나의 상태가 좀 나은 듯했다.

"얼마나 남았어요?"

빈센트가 흐릿한 목소리로 물었다.

미나는 장갑 낀 손을 그의 어깨에 얹었다. 평소와 달리 자신이 더 침착하게 대처하고 있는 것이 낯설었다.

"내 기억이 맞는다면 바로 이 모퉁이 근처예요."

그녀가 손전등으로 그쪽을 비추었다. 순간 금속성이 울렸고, 둘은 화들짝 놀랐다.

"계세요?"

미나의 귀에 자신의 목소리가 메아리치는 것이 들렸다.

"안녕하세요. 경찰입니다. 얼마 전에 같이 말씀 나눴던 미나예요. 몇 가지 질문을 하고 싶어서요. 괜찮을까요?"

대답이 없었다. 둘은 조심스럽게 앞으로 나아갔다. 두 사람 모두 깨진 병이나 주사기를 밟고 싶은 마음은 조금도 없었다.

"계세요?"

미나가 다시 한번 외쳤다. 조금 떨어진 곳에서 반짝이는 따뜻한 불빛이 보였다.

"여기예요."

여성의 온화한 목소리가 들려왔다.

비비안이 틀림없었다. 두 사람 앞에 거대한 형체가 불쑥 나타났다. 미나는 터져 나오려는 비명을 억눌렀다. 비비안의 아들인 욘뉘였다. 그는 지난번처럼 크게 히죽거리고 있었다.

"또 왔네요."

그가 기쁜 표정으로 말했다. 미나는 고개를 끄덕였다.

"먹을 거 가지고 왔어요?"

미나가 그에게 계피 빵이 든 봉지를 건넸다.

"친구도 한 명 데려왔어요. 이름은 빈센트예요."

욘뉘는 환호하며 봉지를 받았다. 그러고는 거대한 손을 내밀어 빈센트의 손을 잡고 세차게 악수했다.

"따라와요."

그가 몸을 돌려 화덕으로 다가갔다.

저번에 왔을 때와 달라진 건 없는 듯했다. 욘뉘와 비비안

외에 셀레와 나타샤, OP도 화덕 주위에 앉아 있었다.

"팔메 암살 때문인가요? 팔메 암살로 지금 나를 체포하는 거예요?"

OP가 툴툴거리며 의심이 가득한 표정으로 일어났다. 미나는 고개를 저었다.

"아니, 아닙니다. 우린 팔메 암살 때문에 온 게 아니에요."

OP는 완전히 믿는 눈치는 아니었지만, 일단 그 대답에 만족하고 화덕 가에 다시 주저앉았다.

"앉으세요."

비비안이 우아한 집주인처럼 손을 뻗어 찢어진 종이 박스를 가리켰다.

미나는 눈도 깜짝하지 않고 지저분한 종이 박스 위에 앉았다. 그리고 그 모습을 빈센트가 놀란 눈으로 바라보는 걸 눈치챘다. 그녀 스스로도 살짝 자랑스러웠다. 자기 내면의 힘을 그에게 증명할 수 있다는 것이 기뻤다.

"나, 당신 알아요."

나타샤가 불퉁한 표정으로 빈센트를 가리켰다. 양복바지와 다림질한 와이셔츠 차림의 그는 이 자리에 너무나 어울리지 않았다.

"어떻게 알아? 넌 세련된 사람들과 어울려 본 적이 없잖아."

셀레가 호통을 쳤다.

"저 위쪽 포스터에 있다고."

그러자 모두 입을 다문 채 빈센트를 빤히 봤다. 비비안이 불쑥 손뼉을 쳤다.

"그래! 네가 무슨 말을 하는지 이제 알겠어. 이 사람은 그…… 쇼를 하잖아. 안 그래요?"

"대단한 일은 아니고요."

빈센트가 미소를 지으며 말했다. 셀레가 또 코를 찌푸렸다.

"유명 인사가 여기 지하에서 뭘 하는 거지?"

"경찰 수사를 돕고 있습니다."

빈센트가 당황해서 대답했다.

"특히 지금 진행 중인 수사를요."

"뼈 사건."

OP가 말했다.

"그게 팔메 암살과 관련이 없다는 거 확실해요? 정부는 여전히 모든 것을 은폐하고 있어요. 그리고 그날, 1986년 2월 28일 23시 21분에 스베아베겐과 툰넬가탄 사이 교차로에서 무슨 일이 벌어졌는지 감추느라 아직도 사고가 날 뿐 아니라, 살인까지 일어나고 있다고요."

"가장 유력한 것은 크리스테르 페테르손이……."

미나가 옆구리를 찌르자 다행스럽게도 빈센트는 입을 다물었다. 지금은 팔메 암살과 그에 관련된 의혹을 설명하기에 적절한 시간이 아니었다.

"우린 여러분의 도움이 필요해요. 살인범은 지하철과 뭔가 관련이 있어요. 여러분 중에 범인이 있다고 생각하지는 않지만."

미나가 말했다.

"여러분이 그때 언급했던 남자에 대해 더 자세히 알고 싶어요. 왕이라고 했었죠."

"왕, 왕, 왕, 오, 랄, 라."

욘뉘가 술꾼들의 노래를 흥겹게 흥얼거리자 나타샤가 킥킥거렸다.

"왕이 여기 있을 때 너는 아마 태어나지도 않았을걸."

장작을 더 넣고 무슨 말을 할지, 아니면 말을 할지 말지 고민하는 듯하던 비비안이 싸늘한 눈빛으로 나타샤를 쏘아봤다. 미나와 빈센트는 그녀에게 생각할 시간을 주었다.

미나는 이 사람들에게서 뭔가를 알아낼 수 있을지 확신하지 못했다. 어쩌면 이곳 땅 밑 어둠 속에 사는 사람들은 왕에 대해 더는 아는 게 없을지도 모른다.

"난 그를 알았어요."

비비안이 말했다.

"OP도 알았고요. 미치광이 톰도 당연히 그를 알았죠."

미나는 몸을 똑바로 세우고 앉았다. 그때 불빛 가장자리에서 들쥐만큼 크지는 않은 뭔가가 휙 지나갔다. 미나는 비명을

지르며 일어나고 싶었지만 억지로 참았다. 힘겹게 쌓은 신뢰를 잃고 싶지 않았다.

"그를 알았다고요?"

미니가 조심스럽게 말했다. 욘뉘는 유명한 술자리 노래를 계속 흥얼거렸고, 나타샤는 노골적인 호기심을 보이며 빈센트를 관찰했다.

"그는 누구였나요?"

미나가 물었다. OP는 질문을 이해하지 못했다는 듯이 이마를 찌푸렸다.

"무슨 뜻이에요? 그는 왕이었다니까요."

"그 사람, 이름은 없었어요? 아니면 있는데 여러분이 모르는 건가요?"

빈센트는 하얀 셔츠에 달려드는 듯한 연기 때문에 눈을 깜박였다.

"우린 모두 이름이 없었어요. 그건 왕의 아이디어였죠. 우린 이름을 위쪽 세상에 두고 왔어요. 옛날의 자아도요. 그저 OP, 비비안, 미치광이 톰, 스발라, 크니바스, 에르벤, 비세였어요. 나와 비비안을 빼고는 모두 죽었고요."

"그러니까 그가 누구였는지, 또는 어디서 왔는지 모르시는군요?"

빈센트가 잔기침을 하며 물었다.

"모른다고요."

OP가 대답했다.

"내 말을 듣지 않네요? 우린 예전의 자아를 위에 두고 왔다니까요."

"왕은 어떤 사람이었나요?"

미나가 부드럽게 물었다. 곁눈으로 보니 빈센트도 주의 깊게 귀를 기울이고 있었다.

"오, 왕은 놀라웠어요."

OP가 슬픔과 경외심이 깃든 목소리로 대답했다.

"늘 우리가 뭘 해야 할지 지시했지요. 그리고 뭐든 다 알고 있었어요. 특히 역사에 대해서. 연도, 전쟁, 성, 왕자와 공주, 스웨덴, 중국. 뭘 물어도 항상 답을 알고 있었지요. 그리고 그는 언제나 기분이 좋았어요. 유쾌하고 긍정적이었죠. 그때…… 그럴 때만 제외하면……."

"무슨 뜻인가요?"

빈센트는 셔츠와 얼굴이 검댕으로 덮여 갔지만 아무렇지 않은 듯했다.

"오, 랄, 라…… 오, 랄, 라. 왕이 왔네. 왕이 왔어. 쿵작쿵작 둥둥둥……."

욘뉘가 열정적으로 술집 왕에 대한 노래를 부르자 미나는 니클라스를 만나기 전에 술집에서 밤을 보내던 시절이 불현듯 떠올랐다.

그녀는 몸을 움찔했다. 한동안 니클라스 생각을 잘 밀어 냈는데 갑자기 맹렬한 속도로 돌아와 버렸다. 사실은 지금 그를 찾고 있어야 했다. 그런데 여기 앉아서, 수십 년 전에 터널에서 살던 사람에 대한 이야기나 하고 있었다.

"왕은……."

비비안은 적당한 단어를 찾지 못하는 듯했다.

"가끔 기분이 좋지 않았어요. 하지만 그는 그것 때문에 우리에게 부담을 주는 건 원하지 않았죠. 좋은 기분이 가라앉을 것 같다고 느끼면 그는 한동안 사라졌어요. 어디로 갔었는지는 몰라요. 돌아올 땐 다시 즐거운 상태였고요. 그가 없을 때면 우린 모두 함께 왕자를 돌봤어요."

"왕자라고요?"

미나는 놀라서 멈칫했다. 빈센트가 뭔가 말하려고 입을 열었지만 미나는 경고하듯 검지를 들어 올렸다. 새로운 정보였다. 미나는 더 많은 정보를 얻을 기회를 놓치고 싶지 않았다.

"왕자는 누구였어요?"

OP가 눈을 흘겼다. 나타샤와 욘뉘가 웃음을 터트렸지만, 비비안이 쏘아보자 웃음을 그쳤다.

"바보 같은 질문! 왕자는 왕의 아들이라는 뜻이잖아요."

OP가 말했다.

"왕에게 아들이 있었군요?"

미나가 친절한 말투로 다시 물었다.

"몇 살이었나요?"

OP의 이마에 깊은 주름이 잡혔다. 비비안이 뭔가 말하려고 했지만 OP가 막았다.

"쉿. 내가 직접 대답할 수 있어."

"키가 얼마나 컸나요? 왕자는 키가 어느 정도였죠?"

빈센트가 물었다. 그러자 OP의 얼굴이 환해졌다. 그가 터널 벽을 가리켰다.

"저기. 저기서 볼 수 있어요."

미나가 벌떡 일어났다. 화덕 불빛에 더해 손전등 빛을 벽에 비췄다. 거기에는 선이 여러 개 그어져 있었다. 아이가 있는 집의 문간에 그어진 것과 비슷했다. 아이의 키를 표시하는 선들이었다. 미나는 제일 위의 선을 자기 키와 비교해 보려고 그 앞에 섰다. 거의 가슴까지 왔다. 미나의 키는 165센티미터였다. 그럼 아이 키는 얼마였을까? 130에서 140센티미터? 그러면 8세나 9세쯤이었겠구나. 미나가 속으로 계산했다.

"지난번에 왔을 때 당신은 왕이 죽지 않으려고 했는데 결국은 어둠이 이겼다고 말했었죠. 그는 사망했나요? 그러면 왕자는 어떻게 됐죠?"

한동안 침묵이 이어졌다. 이윽고 비비안이 입을 뗐다.

"왕자는 위로 올라갔어요. 왕이 지시를 남겼더랬죠. 우리는 왕자를 다시는 보지 못했어요. 그 아이…… 어린아이는 여기 아래에서 어차피 할 일이 없어요. 어쨌든 모두 아주 오래전의 일이에요."

불이 타닥타닥 소리를 냈다. 아무도 입을 열지 않았다. 하지만 이 어둠 속에서 살던 아이는 미나의 머리를 떠나지 않았다.

\*

아담은 아카이가 그리는 것을 더 잘 보려고 한 걸음 뒤로 물러섰다. 아니, 정확하게 말하자면 스프레이로 뭘 뿌리는지 잘 알아보기 위해서였다. 그렇게 표현하는 게 맞는다면.

그는 아카이가 자기 또래여서 놀랐다. 아담의 세계에서 그런 행위는 사춘기 청소년들이나 하는 것이었다. 하지만 아카이의 작품은 좌절한 15세 소년의 파괴적인 분노와는 완전히 다른 것을 표현했다.

잿빛 콘크리트 벽 바로 앞에 서면 벽에 본을 대고 뿌려서 그린 오렌지색 선들밖에 보이지 않았다. 마치 추상 예술 같았다.

그러나 몇 걸음만 떨어져서 보면 갑자기 아주 생생하게 뛰어오르는 사자의 모습이 드러났다.

"감동했습니다."

아담이 말했다.

"고맙습니다. 사자는 제 동반자이지요."

"멋지네요. 저는 쥐의 해에 태어났다고 들은 것 같습니다."

키가 크고 창백한 남자가 싱긋 웃었다.

"그건 좀 다릅니다."

"그런가요. 그런데 왜 이런 일을 하시나요? 그것도 공공장소에요. 언제든 경찰에게 잡힐 위험이 있을 텐데요. 그림을 잘 그리는데 왜……."

"왜 제대로 그리지 않느냐고요?"

아카이는 암청색 니트 모자를 고쳐 쓰고 벽에 그려진 사자를 가리켰다.

"이것 때문이죠. 자유를 위해. 체제의 요구에 응하지 않아도 되게 말입니다. 그런 건 모두 해 봤어요. 제 그림은 온갖 곳에 전시됐답니다. 하지만 그러는 동안 저의 내면은 파멸했어요. 돈은 있지만 사는 게 심심한 사람들이 벽에 걸 만한, 그들의 소파에 어울리는 뭔가를 그릴 때마다 저는 조금씩 죽어 갔습니다. 지금은 아주 자유로워요."

"그래도…… 이런 외람된 질문 드려서 죄송합니다. 생활은 어떻게 하시죠?"

풍성한 수염 위에서 아카이의 눈이 친근하게 반짝거렸다.

"이미 충분히 말씀드렸다고 생각했는데요. 제 그림을 비싸

게 팔았죠. 사는 데 많은 것이 필요하지는 않습니다. 지금처럼 계속하면 저금한 돈으로 죽을 때까지 그럭저럭 지낼 수 있어요. 돈이 모자랄 때면 전시회를 합니다. 랍스터와 샴페인을 먹지는 못하지만, 여기 이걸 두고 그런 게 필요한 사람이 어디 있을까요?"

그가 숨을 깊게 들이마시고 눈을 감았다. 그런 다음 천천히 느긋하게 숨을 내쉬었다.

아담은 삶을 대하는 그의 태도에 감탄했다는 사실을 인정할 수밖에 없었다. 정말 이렇게 단순한 걸까? 눈높이를 낮추고 소비의 압박을 거부하고 진심으로 원하는 일을 하면 되나? 그러면 자유로워질까?

"왜 아무도 안 보는 터널에 그림을 그리시죠?"

아카이는 아담의 말에 대답하면서 벽에 스프레이를 뿌려 사자 갈기에 여러 디테일을 보충했다.

"아, 있습니다. 제 그림을 보는 사람들이 있어요. 전 이곳에 사는 사람들도 뭔가 아름다운 것을 누릴 권리가 있다는 생각이 들어요. 그들은 살아가면서 상처를 받았지만 선량한 사람들이거든요. 여기 지하에서 잘 살고 있고요. 서로 도우면서요. 한 가족이죠. 그리고 그 사람들도 저를 인정해요. 제가 그들을 그린 그림을 보셨나요?"

아담은 고개를 저었다.

"아니요. 어디 있습니까?"

"저기 저쪽에요. 따라오세요."

아카이는 지하철 근처 지하도 쪽으로 내려갔다. 아담은 호기심에 차서 그를 따라갔다. 아카이의 예술에 담겨 있는 뭔가가 그를 감동시켰다.

"여기입니다!"

아카이가 그들 앞에 높이 솟은 콘크리트 벽을 자랑스럽게 가리켰다. 아담은 입이 떡 벌어졌다. 그 그림은 단순하지만 아주 매혹적이었다. 아카이는 몇 개의 선만으로 화덕을 에워싸고 모여 앉은 사람들의 모습을 묘사했다. 작품의 일부분은 망가져 있었지만, 전체적으로 보면 온전했다.

"엄청나네요."

아담은 진심으로 감탄했다.

아카이는 얼굴을 환하게 빛내며 그림을 가리켰다. 스프레이 캔을 든 손에 오렌지색 얼룩이 잔뜩 묻어 있었다.

"이건 벽에 걸 수 없는 그림입니다. 그 점이 이 그림이 가지는 의미이고요. '지금 여기'라는 경험이죠. 누구나 관람할 수 있어요. 비용도 들지 않습니다. 초대장도 필요 없고요. 모든 사람을 위해 존재하는 예술인 겁니다. 예술의 원래 의미는 바로 그것이죠."

"하루 종일 예술 이야기만 나누고 싶네요."

아담은 그림에서 눈을 뗄 수 없었다.

"하지만 제 일도 생각해야 하니까요. 지하철 터널을 다니다가 저희에게 도움이 될 만한 뭔가를 목격하신 건 없나요? 그곳에 사는 사람이 뭔가 말해 주었다든지요. 아카이 씨가 발견한 뼈에 대한 이야기 같은 것 말입니다."

아카이는 생각에 잠긴 채 벽에 그린 가족 초상화를 바라봤다. 그러다 천천히 고개를 저었다.

"제가 도울 수 있다면 돕고 싶어요. 진실을 숨기는 건 좋은 일이 아니니까요. 전 그렇게 살지 않습니다. 하지만 정말로 아는 게 없어요. 제가 물어본 적도 없고요. 이곳 사람들은 함구하는 일이 많아요."

"알겠습니다. 어쨌든 고맙습니다."

아담은 실망을 애써 감췄다.

다시 막다른 골목이었다. 그래도 아카이의 예술을 감상할 시간은 있었다. 쉽게 잊지 못할 작품이었다. 그는 휴대폰을 들고 아카이를 바라봤다.

"사진 찍어도 될까요?"

아카이가 싱긋 웃으며 양팔을 벌렸다.

"당연하죠. 제가 하는 작업의 장점에는 그것도 포함된답니다. 제 그림을 가져갈 수는 없지만, 다르게 보면 얼마든지 가져갈 수 있거든요. 그러니 원하시는 만큼 마음껏 사진을 찍으세요. 예술은 공짜니까요."

지하철로 가는 길에 아담은 아카이가 사자에게로 돌아가는 모습을 보았다. 그림이 완성되면 어떤 모습일까. 아담은 궁금해졌다.

\*

미나와 빈센트는 즐거운 마음으로 숨을 들이쉬었다. 먼지가 가득한 터널의 공기와 비교하면 스톡홀름의 겨울 공기는 맑고 신선하게 느껴졌다. 미나는 공기에 포함되어 있을 먼지 입자와 배기가스는 잠시 잊어버렸다.

빈센트는 미나가 건네준 물티슈로 얼굴의 검댕을 닦고, 지저분해진 물티슈를 쓰레기통에 버렸다. 두 사람은 경찰서까지 지하철을 타고 갈까 하다가 그냥 걸어가기로 결정했다. 그다지 멀지 않고, 빈센트가 걷는 것이 생각하기에 더 좋다고 했기 때문이다. 미나는 그가 지하철 터널이라면 이제 진력이 났을 거라고 짐작했다. 그녀도 마찬가지였다. 터널을 걷는 게 아니라 지하철을 타고 통과한다 해도 말이다.

"얼마나 안 좋았어요? 또 속으로 소수를 외웠어요?"

미나가 그를 곁눈질하며 물었다.

"터널이 생각보다 컸어요."

그가 대답했다.

"그래서 폐소 공포증도 견딜 만했죠. 흥미로운 대화도 물론 도움이 됐고요. 하지만 빠른 시일 내에 되풀이하고 싶은 경험은 아니네요."

미나는 웃음을 터트렸다. 얼굴 앞에서 하얀 입김이 피었다.

"흥미로운 대화라. 그런 말을 하다니, 전형적인 빈센트네요. 정확하게 어떤 점이 흥미로웠는데요? 내가 뭔가 놓친 게 있나?"

인도 맞은편에서 어떤 남자가 개 일곱 마리를 데리고 걸어왔다. 개의 목줄이 모두 그가 허리에 두른 끈에 고정되어 있었다. 인도에서 눈이 치워진 부분이 모두가 걷기에는 너무 좁아서, 빈센트와 미나는 최대한 빨리 옆으로 피해야 했다. 빈센트는 개들을 지나가게 하려고 미나의 손을 잡고 쌓인 눈을 훌쩍 넘어 차도로 갔다. 미나는 속으로 심한 욕설을 내뱉었다. 도시에서 개들은 금지되어야 한다. 아니, 더 정확하게 말하면 개 소유가 금지되어야 한다. 게다가 개들 중 두 마리는 그들 바로 옆의 가로등 기둥에 오줌까지 쌌다.

"이름이 나타샤였던 것 같은데, 그 사람이 스치듯 한 말을 곰곰이 생각해 봤어요."

개들이 지나간 후에 빈센트가 말했다.

"왕이 죽었을 때 욘뉘는 아마 태어나지도 않았을 거라고 했잖아요."

미나는 고개를 끄덕이다가 둘이 여전히 손을 잡고 있다는 걸 깨달았다. 무척 자연스러웠지만 그걸 깨달은 순간 당황해서 빈센트의 손을 놓았고, 쌓인 눈을 넘어 다시 인도로 돌아갔다.

"그 비슷한 말을 한 기억이 나요. 그런데 왜요?"

"욘뉘가 몇 살쯤으로 보여요?"

미나는 생각에 잠겼다. 욘뉘의 생김새는 독특했다. 나이가 많다고 하든, 적다고 하든 다 그럴듯해 보였다.

"얼굴을 덮은 오물과 덥수룩한 수염 때문에 그 뒤에 뭐가 숨겨져 있는지 알아보기가 어려워요. 하지만 아마도…… 스물다섯쯤 되지 않았을까요?"

빈센트가 만족스러운 표정으로 고개를 끄덕였다.

"내 생각도 그래요. 거기서 플러스마이너스 다섯 살 정도. 그러니까 욘뉘가 태어나고 1년쯤 뒤에 왕이 사망했다 쳐도 20년에서 25년 전에 일어난 일이겠죠. 아직 신원 확인이 안 된 뼈와 연대가 일치해요. 이제 크리스테르가 이 사고에 대해 알아낸 사실과 조합해 보죠. 지하철에 치인 사람은 반짝이는 뭔가를 머리에 쓰고 있었어요. 내 생각에 그건 왕관이었던 것 같아요. 시간상으로도 들어맞고요. 크리스테르와 기관사의 통화만으로는 의심의 여지가 남을 수 있겠지만, 난 이제 그 해골이 왕의 것이라고 100퍼센트 확신해요."

미나는 평소와 달리 파란 하늘을 미소 띤 얼굴로 올려다봤다. 새 몇 마리가 날아갔다. 퍼즐 한 조각이 더해졌다. 의미 있는 조각인지는 모르지만 아마 그럴 것 같았다. 미나와 달리 빈센트는 스쳐 지나가듯 하는 말에 귀를 기울인 덕에 그 조각을 발견했다. 미나는 옆에 있는 지저분한 남자를 바라보다가, 문자 그대로 심장이 따뜻해지는 느낌을 받았다. 그러나 지금은 대화에 집중할 때였다.

"그러니까 우린 그 뼈가 누구 것인지는 대략 알게 된 거죠."

미나가 말했다.

"하지만 왕이 누구였는지는 몰라요. 그의 이름도, 출신지도 모르죠. 그가 다른 희생자들과 연관이 있는지도 모르고요."

"또 있어요."

빈센트가 말했다.

"왕은 에리카와 마르쿠스, 욘이 우울증을 겪기 얼마 전에 죽었어요. 이건 그냥 추측에 불과한데, 당시의 뼈와 현재의 뼈 사이에 연관성이 있다고 가정해 보죠. 희생자들이 왕을 알았을까요? 혹시 왕의 죽음이 그들의 우울증을 유발한 건 아닐까요? 나는 보통 이런 막연한 추측은 하지 않지만, 그들의 유해도 그의 것과 똑같은 상태로 발견되었잖아요."

빈센트는 입을 다물었다. 그러다가 멈춰 서서 아주 집중한 표정으로 눈앞을 빤히 노려봤다.

"마지막 추측은 취소해야겠네요."

그가 뺨을 긁으며 말했다.

"그들이 서로 알았다는 건 아무래도 이상해요. 그들 사이에는 매개체가 전혀 없거든요. 하지만 에리카와 마르쿠스와 욘이 2000년 무렵에 스톡홀름 지하철 터널에서 지하철에 치여 죽은 노숙인, 왕관을 쓴 남자와 뭔가 관련이 있다는 건 확실해 보여요. 이게 맞는다면 당신 전남편도 마찬가지일 거고요."

미나는 그를 바라봤다. 처음으로 또 다른 질문이 아니라 어떤 대답과 마주한 것 같았다. 이걸 알아내는 데는 완전히 지저분해진 셔츠 한 장이면 충분했다.

"그 매개체를 찾아내야겠어요."

미나가 말했다.

\*

사무실 커피 따위는 애초에 거들떠보지도 않았다. 그는 전문 바리스타가 금방 간 원두로 내린 커피만 마셨다. 법무부의 낡은 보온병에 몇 시간이나 담겨 있던 연한 커피로 자신의 미뢰를 더럽히고 싶지 않았다. 그럴 바에는 차를 마셨다. 하지만 국가가 제공하는 끔찍한 티백 차는 마시지 않았다. 혼자 마시는 실론 차가 따로 있었다. 그는 차를 숨겨 둔 곳에 비싼

벌꿀 한 병도 함께 보관했다. 갈색 병에 담긴 싸구려 시판 꿀에는 꿀이라는 이름조차 아까웠다.

"토르 씨, 총리님이 통화를 원하십니다."

젊은 비서가 숨을 헐떡이며 간이 주방으로 달려왔다. 토르는 움직이던 손을 멈췄다. 숟가락에 든 꿀이 뜨거운 찻물로 천천히 아름답게 떨어지는 중이었다.

"5분 후에 전화하겠다고 해."

그는 정성껏 차를 저었다.

"하, 하지만…… 총리님이 찾으시는데요! 지금 바로 통화하지 않으실 건가요?"

토르는 얼굴이 새빨개진 비서에게 잠깐 연민을 느꼈다. 스트레스에 대한 저항력이 이렇게 약한 사람은 정부 청사에서 오래 살아남지 못할 터였다.

"내가 5분 후에 전화하겠다고 말했잖아."

그가 좀 더 싸늘한 목소리로 대답했다.

비서는 드디어 말귀를 알아들었는지 올 때만큼이나 빠르게 사라졌다. 토르는 차를 홀짝거렸다. 완벽하군. 아주 완벽해.

그는 서두르지 않고 사무실로 돌아갔다. 차를 쏟고 싶지 않았고, 꿀 때문에 손이 끈적끈적해지는 것은 더더욱 싫었다. 그가 싫어하는 것이 하나 있다면 그건 바로 끈적이는 손이었다.

토르는 잔 받침을 놓고 그 위에 찻잔을 내려놓았다. 이 책상은 아주 오래전부터 이 장엄한 건물에 놓여 있었고, 그는 여기에 컵 자국을 남길 사람이 아니었다. 책상 위의 모든 물건이 각을 맞춰 배치됐는지 확인한 후, 뜨거운 차를 몇 모금 더 마시고 전화기를 들었다. 겉으로는 평온해 보였지만 그의 내면은 달랐다. 총리가 뭘 원하는 걸까? 장관의 실종이 다른 일들에까지 그늘을 드리우고 있으니 그것 때문이라는 건 알겠는데, 총리는 뭘 알고 싶어 하는 거지? 화가 났을까? 뭐라도 지원해 주겠다고 하려는 건가? 아니면 그저 최신 상황을 보고받고 싶은 걸까?

늘 그렇듯이 총리의 개인 비서가 전화를 받는 곧바로 총리와 연결해 주었다. 총리가 그의 전화를 기다렸다는 뜻이었다.

총리와 그는 오래전부터 아는 사이였다. 그들의 정치 이력은 때로 평행선을 달렸고, 교차하기도 했고, 가끔은 부딪치기도 했다. 언젠가 요르텐 총리는 그를 따로 불러 언론 대변인으로서 법무부 장관을 보필하기 위해 정말로 본인의 야망을 미루려 하는 거냐고, 예상치 못한 배려를 보이며 걱정스럽게 물었다.

토르는 지금 자신이 어떤 길을 가는지 잘 알고 있다고 그녀를 안심시켰다. 그에게는 언제나 계획이 있었다. 그 무엇도 우연에 맡기지 않았다. 언뜻 보기에는 정치 인생의 막다른 골목으로 이어질 것 같은 제안을 받아들인 이유도 다 있었다.

그는 아버지가 늘 말했듯이 '사태를 관망'할 줄 알았다.

"총리님, 안녕하세요. 토르입니다. 저를 찾으셨다고요?"

"토르, 안녕하세요. 새로운 소식 있나요?"

안나 요르텐 총리가 스트레스 쌓인 목소리로 물었다. 요즘 엄청난 압박에 시달리고 있을 터였다.

"아니요, 없습니다."

그는 총리가 지푸라기라도 잡고 싶은 심정이라는 것을 알았지만, 그래도 객관적으로 대답했다.

스웨덴 경찰 조직을 수하에 둔 총리도 아직 모르는 것을 그가 어떻게 알려 줄 수 있겠는가?

"해결책이 필요해요. 니클라스를 찾아내야 합니다. 전 세계가 우리를 주목하고 있어요. 만약 법무부 장관이 살해되기라도 하면 우리는 형편없는 바나나 공화국 수준으로 전락할 거예요."

"최악의 상황을 가정하지는 않으셔도 됩니다. 시신이 발견된 것도 없고요."

토르가 달래듯 말했다. 니클라스의 실종으로 인한 자신의 걱정은 속으로 감추었다. 그가 개인적인 감정을 나눈다 한들 총리에게 도움이 될 일은 없었다. 냉정을 유지하는 것이 가장 중요했다.

"제가 뭘 하면 될까요?"

그는 총리가 장황하게 말이 길어지는 성향임을 경험상 알고 있었다.

"《엑스프레센》과 인터뷰를 하세요. 권력의 중심에서 남몰래 활약하는 인물들을 다룬 기사 시리즈 알죠? 우리 언론 대변인이 다음 회에는 당신을 조명하라고 편집부에 추천할 겁니다."

"총리님, 죄송합니다만 지금 그게 정말 중요한가요? 당장은 장관님을 찾는 일만으로도 바쁜데요."

"바로 그겁니다."

총리가 말했다.

"《엑스프레센》에 바로 그 이야기를 하세요. 니클라스 장관의 실종에 대한 여론을 우리가 직접 통제해야지, 언론의 손에 넘겨서는 안 됩니다. 법무부의 강점을 보여야 해요. 토르, 당신의 가장 유능한 모습을 보여 주고 우리의 얼굴 역할을 하세요. 게다가 대중의 관심이 당신 개인에게 쏟아지는 것도 나쁘게 없잖아요. 당신이 본인 커리어에 누가 되는 걸 알면서도 니클라스의 언론 대변인이 되기로 했다는 사실은 누구나 알고 있고요. 그건 그렇고, 오늘 아침 기자 회견에서 좋았어요."

토르는 한숨을 내쉬었다.

"우리끼리 얘긴데."

총리가 말을 이었다.

"니클라스를 마지막으로 봤을 때 어땠어요? 혹시 번아웃이나 뭐 그런 건가요? 지난여름 일 때문에 외상 후 스트레스 장애라도 생긴 걸까요? 아니면 그냥 단순히 중년의 위기?"

"크리스마스 전에는 컨디션이 최고였습니다."

토르가 싸늘하게 대답했다.

"육체적으로나 정신적으로 모두."

"그걸 듣고 안심해도 되는 건지 모르겠네요. 어쨌든《엑스프레센》인터뷰는 할 거죠?"

언론 대변인으로서 그는 총리가 왜 인터뷰에 이렇게 큰 의미를 두는지 잘 알았다. 이 상황에서는 올바른 대책이었다. 그는 차를 한 모금 마셨다. 안타깝게도 이제 그저 미지근하기만 했다.

"그럼요. 할 겁니다."

"좋아요. 내일 바로 합니다."

통화를 끝낸 후에 토르는 차를 한 잔 더 끓이기로 했다. 식은 차는 아주 싫었다.

\*

빈센트는 부엌 식탁에 팔꿈치를 대고 양손에 머리를 묻었다. 터널에서 나온 후 집으로 돌아가고 싶은 마음은 전혀 없었지만, 미나는 늘 그렇듯이 철저하게 샤워하기 위해 집에 가야 했다. 두 사람은 경찰서 지하 주차장에서 헤어졌다. 그는 미나에게 집에 같이 가도 될지 물어볼 용기가 없었다. 연기 냄새가 풍겼고 새 옷도 필요했지만, 그래도…… 정말 미나 옆에 있고 싶었다.

그 대신 그는 자기 집 부엌에 앉아 있었다. 침실을 제외하고는 집에서 그가 머물 수 있는 유일한 장소였다. 거실에는 어제부터 들어가지 않았다. 거기서 두통이 가장 심하게 느껴졌고, 거실 벽도 피하고 싶었다. 벽을 두려워한다는 게 얼마나 비이성적인지 알지만 이제 그런 것에는 신경 쓰지 않았다. 어차피 그가 그렇게 행동한다고 불평할 사람도 없었다.

적막감이 온몸으로 느껴졌다. 아스톤의 고함과 마리아의 욕설이 벽에서 메아리치는 듯했다. 소파에서 레베카가 늘 앉던 자리는 살짝 납작하게 눌려 있었다. 좀 더 귀를 기울이면 베냐민이 주가에 대해 토론하는 소리도 들을 수 있었다. 하지만 모두 메아리에 불과했다. 실제로는 거기 아무도 없다는 사실을 상기시켜 주는, 뇌가 만들어 내는 허깨비였다.

그의 가족이 그림자의 손아귀에 있음을 알려 주는 허깨비.

그는 얼굴을 문질렀다.

이런 생각은 도움이 되지 않았다. 그는 그림자가 뭘 원하는지 몰랐고, 그걸 모르는 한 뭐라도 해야 했다. 무위는 이 순간 가장 큰 적이었다.

빈센트는 식탁에 늘어놓은 물건들에 최대한 집중했다. 터널에서 나눈 대화 메모와 그 외 수사 기록의 복사본이었다. 그는 아무에게도 말하지 않는다는 조건으로 경찰 내부 서류를 집으로 가지고 왔다. 그가 이야기할 누군가가 있지도 않지만.

식탁 가운데에는 모래시계 네 개가 든 나무틀이 있었다. 각각의 모래시계에서 모래가 완전히 다 떨어지는 데 시간이 얼마나 걸리는지 메모하여 아래쪽에 접착테이프로 붙여 두었다. 첫 번째 모래시계는 17분 13초 걸렸다. 두 번째는 13분 5초, 세 번째는 10분 3초, 네 번째는 16분 3초였다. 아마도 초는 필요 없고 분만 필요할 테지만 그래도 안전하게 초까지 적었다.

모래시계가 각각 다른 시간을 나타낸다는 것은 처음부터 알았지만, 서로의 연관성은 알지 못했다. 17, 13, 10, 16. 이게 무슨 뜻인지 기를 쓰고 찾아봐도 아무것도 발견하지 못했다. 모래시계가 무슨 말을 하려는 건지 도무지 알 수 없었다.

그는 곁눈질로 어항 쪽을 봤다.

머드미노우에게 사료를 좀 줘야 할 텐데. 거실 안으로 깊숙하게 들어가지 않고서도 줄 방법이 있을까? 문제를 풀 때 몸을 조금 움직이면 도움이 되기는 한다. 뭔가를 다른 관점에서 봐야 한다는 표현도 그저 단순한 은유가 아니라 문자 그대로 해석해야 할 때가 있다.

그는 자리에서 일어나 어항으로 가서 물고기 사료를 손바닥에 덜고 수면에 손을 올렸다. 늘 그렇듯이 물고기들이 위로 올라와 그의 손에서 사료를 받아먹었다. 아스톤이 머드미노우들에게 이름을 지어 줬는데 빈센트는 지금 단 한 마리의 이름도 기억할 수 없었다. 그는 내내 어항만 들여다보며 시선이 벽에 가는 것을 의도적으로 막았다.

그리고 모래시계가 있는 부엌 식탁을 건너다봤다. 이 거리와 이 시각에서 모래시계를 본 적은 없었다. 그는 뇌가 새로운 아이디어를 생각해 내기를 기대했다.

*시간이 다 지나가기 전에 네 번째를 찾아.* 쪽지에 쓰여 있던 그 말.

물고기들이 사료를 다 먹자 그는 부엌으로 돌아가 다시 식탁 앞에 앉았다.

미나가 여기 있다면 좋았을걸. 미나와 함께 있으면 그는 생각을 더 잘할 수 있었다. 하지만 이곳에서는 누구도 안전하지 않았다.

*네 번째.*

빈센트는 욘 랑세트와 에리카 세벨덴, 마르쿠스 에릭손에 관한 보고서가 있는 서류철을 펼쳤다. 내용은 이미 알고 있었다. 세 희생자는 서로 모르는 사이였고, 함께 아는 지인이나 동료가 있지도 않았다. 그저 이들 사이의 몇 가지 비슷한 점만 확인됐을 뿐이었다.

그는 머릿속으로 그들의 공통점을 훑었다.

첫째, 희생자들은 로켓처럼 빠르게 경력을 쌓았다.

둘째, 모두 20년 전에 인생의 바닥을 경험했다.

셋째, 세 사람 모두 실종되기 전에 자신에게 무슨 일이 생기리라는 사실을 알았던 듯하다.

넷째, 이들의 유해는 스톡홀름 지하철 터널 여러 곳에서 발견됐다. 욘은 청색선 스타스하겐 근처에서, 에리카는 적색선 칼라플란에서, 그리고 미치광이 톰이 진실을 말했다면 마르쿠스는 녹색선 바가르모센 근처에서 발견됐다. 하지만 그게 전부였다.

사실 전부는 아니다.

오덴플란에서 발견된 왕의 유골도 있다. 어쩌면 이게 모든 사건을 연결하는 매개체일지도 모른다.

여기에 실종된 미나의 전남편 니클라스 스토켄베리도 더해졌다.

서류철을 바닥으로 던져 버리고 싶었다. 모든 것이 너무…… 모호했다.

식탁에는 서류철 말고도 희생자 발견 장소가 동그라미로 표시된 지도와 지하철 노선도가 펼쳐져 있었다. 그는 지난여름 노바와의 체스 게임에서 그랬던 것처럼 지하철역과 발견 장소의 지리적 연관성을 찾아보려고 했지만, 나온 것은 없었다.

아니, 잠깐.

그는 지하철 노선도를 다시 한번 들여다봤다.

마르쿠스의 유골은 녹색선에서 발견됐다. 하지만 그곳에는 녹색선이 하나만 있는 게 아니었다. 녹색선의 세 노선은 일부 구간에서는 같은 경로로 운행하다가 굴마르스플란에서 세 방향으로 갈라졌다. 그리고 노선마다 각각 번호가 있었다.

적색선과 청색선도 마찬가지였다. 시내를 벗어나자마자 바로 두 갈래로 나뉘었다.

빈센트는 다시 서류철을 들여다봤다.

마르쿠스는 바가르모센에서 발견됐다. 녹색선 17번 노선이었다. 에리카의 유해는 칼라플란, 그러니까 적색선 13번 노선에서 등장했다. 욘은 스타스하겐, 청색선 10번 노선과 11번 노선이 모두 지나는 곳이었다.

17.

13.

10 또는 11.

빈센트는 모래시계와 거기 붙어 있는 시간 쪽지를 들여다봤다.

*17분 (13초)*

*13분 (5초)*

*10분 (3초)*

*16분 (3초)*

그는 자기 이마를 탁 쳤다. 수수께끼의 해답이 그동안 내내 눈앞에 있었다. 처음 세 모래시계의 시간이 지하철 노선과 일치했다. 시간순으로도 맞았다.

*마르쿠스, 17.*

*에리카, 13.*

*욘, 10.*

빈센트는 나지막하게 욕설을 내뱉었다. 한참 전에 눈치챘어야 했다. 하지만 지금까지 노선 번호가 수사에서 어떤 역할을 한 적은 한 번도 없었다. 그들은 지하철역에만 집중했다. 그래도 변명의 여지가 없었다. 그는 마스터 멘탈리스트이고, 이런 수수께끼를 풀어낼 수 있는 사람이니까.

마지막 네 번째 모래시계는 틀림없이 '네 번째'의 상징이었다. 왕의 것이라고 추정되는 신원 미상의 뼈는 오덴플란에서 발견됐다. 17이나 18 또는 19번 노선이었다. 하지만 모래시계에 따르면 16이어야 한다. 그러니 왕은 확실히 '네 번째'가 아니었다. 터널에 다른 뼈 무더기는 없었다. 이미 모두 뒤져봤다. 그러므로 이 힌트는 오로지 니클라스 스토켄베리와만 연관이 있었다. 문제는 16번이 어디인가 하는 것이었다.

빈센트는 지하철 노선도를 자세히 들여다봤지만 16번 노선은 찾지 못했다. 각 노선에는 번호가 매겨져 있는데, 뫼르뷔 센트룸에서 프루엥엔까지 가는 적색선 14번 노선 다음에 오케스호브에서 스카르프네크로 가는 녹색선 17번 노선으로 건너뛰었다. 15번과 16번은 없었다.

*시간이 다 지나가기 전에 네 번째를 찾아.*

두통이 다시 그를 괴롭히기 시작했다.

좋은 소식은 니클라스가 어느 노선에서 발견될지 알았다는 것이었다. 이제 그들은 그의 목숨을 구할 수 있다.

나쁜 소식은 예상되는 발견 장소가 존재하지 않는 노선에 있다는 것이었다.

\*

루벤은 공업 지대를 천천히 달렸다. 누군가가 공업 지대를 숲 한가운데 건설한다는 놀라운 아이디어를 내놓은 덕분에, 이 지역은 바쁘게 돌아가면서도 호기심 많은 외부의 시선으로부터 안전하게 가려져 있었다. 그가 지금 지나가는 대형 산업체 건물과 창고 안에서 무슨 일이 일어나도 사람들은 눈치채지 못할 터였다. 빈드크라프트스베겐으로 접어들었다. 그는 남들의 이목을 끌지 않도록, 그가 엘리노르라고 부르는 자신의 쉐보레 카마로를 타고 갔다.

루벤은 사라가 언급한 건물이 분명한 곳을 바로 찾았다. 길 오른편의 소형 주차장 바로 앞에 있었다. 그 뒤에서 도로가 왼쪽으로 급회전했다. 완벽한 은신처였다. 그는 조금 더 가서 안전한 거리를 두고 주차했다. 그런 다음 걸어서 돌아와, 주변의 어느 회사로 가는 듯이 행동했다.

구석에 있는 주차장은 비어 있었다. 철제 계단이 화물 인수처로 이어졌고, 그 옆의 벽에 초록 글씨가 쓰인 하얀 간판이 있었다. 하지만 간판 위의 전등은 꺼졌고 글씨도 낡아 보였다. 루벤은 간판 속 이름을 가진 기술 회사가 이미 오래전에 이곳을 떠났을 거라고 추측했다.

건물에는 문과 작은 창문이 있었다. 보통 공업 지대의 창고에는 유리창이 없으니, 이 정도면 행운이었다. 하지만 멀리서 봐도 유리창 안쪽에는 전등이 켜져 있지 않았다. 그에 비해 바깥은 아직 밝았다. 어쩌면 안에서 그의 어두운 실루엣이 보일 수도 있으니 유리창으로 안쪽을 들여다보는 모험은 할 수 없었다. 그는 조심스럽게 계단을 올라가, 화물이 배달되는 넓은 문 앞에 서서 귀를 기울였다. 롤링 셔터 문이었는데 그다지 튼튼해 보이지는 않았다. 건물 내부에서는 아무 소리도 들리지 않았다.

안에서 무슨 일이 벌어지는지 알아내야 했다. 문제는 사람들 눈에 띄지 않아야 한다는 것이었다. 주변을 둘러보니 문

아래쪽 구석에 쌓인 눈 속에서 뻗어 나온 나무 막대기가 보였다. 루벤은 신발로 막대기 주변의 눈을 밀었다. 셔터 문이 내려올 때 막대기가 낀 모양이었다. 쌓인 눈 때문에 잘 보이진 않았지만, 문과 바닥 사이에 틈새가 있었다. 바로 이런 것이 필요했다. 신을 믿는다면 지금이 감사 기도를 올려야 할 때였다.

그는 양손으로 눈을 치웠다. 그런 다음 바닥에 납작 엎드려 틈새로 안을 엿보았다. 문 뒤편은 거대한 창고였다. 천장 높이가 최소 8미터는 되어 보였다. 열 명 정도는 문제없이 일할 수 있는 규모였지만 지금 일하는 사람은 없었다. 창고는 텅 비어 있었다. 선반조차 없었다. 물건도, 사람도 없고 무엇보다 니클라스가 보이지 않았다.

사라의 소식통은 오류였다.

이곳에 그는 없었다.

루벤은 바닥에서 일어나 옷에 묻은 눈을 털어 냈다. 사라의 상관은 특공대를 잘못된 장소로 보내게 될 것이다. 마노일로비치 집안이 니클라스를 어디로 보냈는지 그가 찾아내야 한다. 사라에게 어디로 가야 할지 알려 줄 수 있게 아주 빨리. 그는 차분히 생각하려고 자동차로 돌아가서 운전석에 앉았다.

마노일로비치 집안은 대가족이었다. 이제 더는 가족 구성원 모두가 그곳에 모여 살지는 않지만, 그래도 그들의 본거지는 쇠데르텔리에였다. 그들이 니클라스를 집으로 끌고 갈 정도로 멍청하지는 않을 것이다. 하지만 혹시……

루벤은 정신 나간 아이디어가 하나 떠올랐다. 무모한 돌진이긴 하지만 조사해 본다고 손해 보는 일은 없을 것이다. 그는 휴대폰을 들어 개인 정보 찾기 사이트를 열었다.

검색 결과가 나왔다. 페테르 크론룬드는 과거를 삭제하기 위해 별짓을 다 했으면서도 여전히 쇠데르텔리에 근교에 주말 별장을 소유하고 있었다. 루벤은 시동을 켜고 룸 미러를 흘깃 본 다음 속도를 높여 공업 지대를 떠났다. 쇠데르텔리에까지는 30분이 걸린다. 아직 늦지 않았다. 그는 사라에게 도움이 될 수 있다.

\*

미나가 샤워를 하고 나와 보니 나탈리가 잠에 취한 채 부엌에 앉아 콘플레이크를 먹고 있었다. 미나는 시계를 봤다. 오후였다. 딸은 크리스마스 방학을 대부분 잠을 자는 데 사용하는 듯했다. 어쩌면 그게 지극히 정상인지도 모른다.

미나는 방학에 대해서 아는 바가 전혀 없었다. 함께 여행을 하는 게 좋을까? 아이들 방학에는 그렇게 지내나? 이번에는 사건 때문에 시간이 없지만 다음에는 방학이 시작되기 전에 미리 물어봐야겠다.

"안녕, 아가."

미나가 부엌으로 들어갔다.

"안녕히 주무셨어요."

나탈리가 입에 음식을 가득 문 채 웅얼거렸다.

미나는 복도 거울에 비친 자신과 하얀 목욕 가운을 입은 딸의 모습을 보았다. 그녀는 머리와 몸에 수건을 한 장씩 감고 있었다. '엄마와 딸'이라고 이름 붙일 만한 장면이었다. 미나는 속으로 미소 지었다. 식탁에는 콘플레이크 부스러기가 한 톨도 떨어져 있지 않았다. 나탈리가 미나를 위해 정말 노력하고 있다는 뜻이었다. 미나는 불현듯 숨이 막힐 정도로 큰 사랑을 느꼈다.

"오늘 약속 있니?"

"하나도 없어요. 친구를 만날까 생각 중이에요. 계속 아빠 걱정만 하고 있지 않으려면 다른 데로 신경을 돌려야죠. 애들 고민 얘기나 듣는 게 차라리 나을 것 같아요. 아니면 다시 자러 가든지요. 엄청 피곤해요."

미나는 고개를 저었다. 나도 열여섯 살 때 저렇게 많이 잤던가? 아마 그랬을지도 모른다. 게다가 나탈리는 지난 며칠 동안 정말 많은 일을 겪었다.

거실에서 미나의 휴대폰이 울렸다. 미나는 아침 또는 점심을 먹는 나탈리를 두고 거실로 달려갔다.

"안녕하세요? 요세핀이에요."

전화기 너머 목소리가 말했다.

요세핀 랑세트였다. 샤워하기 전에 미나는 그녀에게 대화를 나누고 싶다는 문자 메시지를 보냈었다. 요세핀은 약간 숨이 가쁜 목소리였다.

"바로 전화해 주셔서 고맙습니다. 밖에 계신가요?"

"조깅하고 있어요. 어떤 식으로든 진정해야 하니까요. 무진장 화나고 실망했어요. 샴페인을 계속 마시자니 너무 비싸고, 그 대신 달리기를 하는 편이 아이들에게도 낫죠. 지금 잠깐 쉬는 중이에요. 자, 무슨 일인가요?"

미나는 통화하면서 머리카락을 말리려고 스피커폰을 켰다.

"바로 본론으로 들어가죠."

그녀가 두피를 세게 문지르면서 말했다.

"욘은 20년 전에 분명히…… 심리적 위기를 겪은 경험이 있을 거예요. 혹시 그가 당시에 심리 치료사를 만난 적이 있는지 아시나요?"

"20년 전이라고요?"

요세핀이 되물었다.

"그때 내 나이는 열두 살이었어요. 그 사람 전처에게 물어보는 게 낫겠네요."

"전화번호 가지고 계세요?"

"그럼요. 카리나 번호를 바로 보낼게요."

요세핀은 쉰 목소리로 약간 이상하게 웃었다.

"행운을 빌어요. 그게 필요할 거예요. 그리고 혹시 구스타프와 이야기하신다면 내 인사는 전하지 마세요. 이제 다시 조깅을 해야겠어요."

미나는 통화를 마치고 요세핀이 보낸 전화번호로 바로 전화를 걸었다.

"카리나 랑세트 씨인가요? 저는 미나 다비리 형사입니다. 욘 일로 전화 드렸습니다."

"흐음, 이제야 전화하는군요."

목소리에서 냉소가 방울져서 뚝뚝 떨어졌다.

"요세핀이 더는 도울 수 없는 모양이죠?"

미나가 말벌 집을 쑤신 모양이었다. 하지만 그게 꼭 손해는 아니다. 흥분한 감정은 이따금 재미있는 사실을 드러내기도 하니까.

"우선 애도를 표합니다."

카리나는 수화기에 대고 콧방귀를 뀌었지만 미나는 거기에 반응하지 않았다.

"20년 전 욘의 심리적 건강 상태에 대해 질문이 있습니다. 특히 그 시기에 그가 심리 치료사를 찾아갔었는지 알고 싶어요."

카리나가 싸늘하게 웃었다.

"20년 전의 욘은 폐인이었죠. 빌어먹을 그의 부모가 애를 많이 썼어요. 그는 아무것도 못 했고, 말 그대로 다리에서 뛰어내릴 뻔했죠. 지나고서 생각하면 그때 말리지 말았어야 하는 건데."

미나는 잠시 대답할 말이 떠오르지 않았다.

"하지만…… 그럼 그가 심리 치료사에게도 갔었나요?"

"네, 누군가에게 가긴 했어요. 그런데 심리 치료도, 우울증도 갑자기 그쳤어요. 그러더니 전혀 다른 사람이 되더라고요. 다른 사람이 되긴 했는데, 유감스럽게도 진짜 개자식이 되어 버렸죠."

미나는 책상으로 가서 베아타의 수첩을 넘겼다. 이름을 외워 뒀지만 한 번 더 확인하고 싶었다. 니클라스의 심리 치료사 이름은 에스비에른, 에스비에른 안데르손이었다. 그는 무슨 이유에서인지 르완다에서 크리스마스를 보내기로 결정했다.

"그 심리 치료사 이름을 아십니까?"

"농담해요? 20년 전 일이잖아요."

"알겠습니다. 그의 연락처도 가지고 계시지 않겠네요."

"당연하죠."

"혹시 저희에게 도움이 될 만한 게 생각나시면 연락해 주세요. 제 전화번호는 화면에 떴을 테니까요."

미나는 카리나가 이 일을 진지하게 받아들여 전화번호를 저장해 두길 바랐다. 하지만 아마 그러지 않을 것이다. 카리나 랑세트에게 욘은 이제 전혀 관심거리가 아닌 듯했다.

통화를 끝낸 후 미나는 머리카락을 비벼서 완전히 말렸다. 이런저런 생각이 미로를 돌아다니는 개미들처럼 머릿속을 맴돌았다. 열심히 미나의 관심을 끌고 있는 뭔가가 있긴 한데, 도무지 잡히지 않았다. 개미들은 무슨 이유에서인지 출구를 찾지 못했다.

\*

밀다는 계속 이런 식으로 살 수는 없다는 걸 잘 알고 있었다. 그녀는 멍청하지 않았다. 그녀에게 직장은 도피처였다. 그래도 자신의 일을 사랑한다는 점에서는 축복이었다. 그녀와 로케는 유골 사건에 집착하다시피 했다. 밀다는 그가 사건 해결을 위해 자신만큼이나 많은 시간을 투자했고, 또 유골 절도 사건을 자신의 개인적인 피해처럼 느낀다는 것도 알았다.

마치 이런 밀다의 생각을 읽기라도 했다는 듯, 로케가 불쑥 문간에 나타났다. 밀다는 놀라서 하마터면 의자에서 바닥으로 굴러떨어질 뻔했다. 그는 전혀 소리 내지 않고 움직이는 재주가 있어서 늘 갑자기 모습을 드러냈다.

"경비원들에게 감시 카메라 영상을 다시 한번 보여 달라고 재촉했어요. 이제 그들은 나에게 짜증이 났죠. 아무것도 안 보여요. 당신과 나 말고는 로그인한 사람도 없어요. 유령이 뼈를 훔쳐 갔나 봐요."

밀다는 절망적으로 고개를 저었다.

"이해가 안 돼. 어떻게 누구 눈에도 띄지 않고 여기 들어와서 뼈를 훔쳐 나갈 수가 있지?"

"빈센트에게 물어보는 게 좋겠네요. 마술을 잘 아니까요."

로케가 대답했다. 밀다는 삐딱하게 히죽거렸다.

"그 사람을 만날 기회를 어떻게든 잡으려고 하는구나. 너, 빈센트에게 살짝 빠진 것 같아. 그렇지?"

로케는 얼굴이 빨개졌다.

"말도 안 되는 소리. 난 그저 그처럼 폭넓은 교양을 갖춘 사람과 대화를 나누고 싶은 것뿐이에요."

"내가 있잖아."

밀다가 계속 히죽거렸다. 로케는 웃음을 터트렸다.

"유행가만 듣는 사람의 교양 수준은 좀 미심쩍죠. 당신이 제일 좋아하는 노래는 1993년 유로비전의 스웨덴 참가곡이잖아요."

"빈센트도 아르빈야나의 '엘로이즈'를 가장 즐겨 들을지 네가 어떻게 알아?"

기분이 상한 로케의 표정을 보며 밀다는 웃음을 꾹 참았다. 솔직히 말하면 밀다도 빈센트가 댄스 밴드인 아르빈야나를 좋아할 거라는 생각은 들지 않았다.

그때 갑자기 밀다의 휴대폰이 울렸다. 둘은 움찔 놀랐다.

밀다는 전화를 받고, 나가려는 로케에게 잠깐 기다리라는 신호를 보냈다.

"그래요? 이렇게 빨리? 그럼요, 맞아요. 특수한 사건이죠……. 하지만 법무부 장관의 실종과 비슷한 점이 있느냐는 질문에는 제가 대답할 수 없네요. 그쪽에서 그런 소문을 들었다고 해도요. 우리 수사는 좀 급하다고만 말해 두죠."

그녀는 로케가 통화 내용에 귀를 기울이는 것을 보았다.

"네? 아, 그래요? 좋습니다……. 제 이메일 주소는 가지고 계시죠? 고맙습니다."

밀다는 로케가 반쪽 대화의 나머지 부분을 추측하려 필사적으로 머리를 굴리는 모습을 보고 싱긋 웃으며 통화를 끝냈다.

"우리가 가장 오래된 뼈의 DNA와 일치하는 결과가 있는지 확인하기 위해서 상업용 계보 연구 데이터 뱅크를 이용해도 좋다는 허가를 받은 건 알지? 개인 정보 보호 측면에서는 좀 문제가 되지만 말이야."

로케가 눈을 반짝이며 말했다.

"이왕이면 '패밀리 트리스'에서 성과가 있었으면 좋겠어요. 거긴 스웨덴에서 가장 인기 좋은 데이터 뱅크잖아요. 그 회사에서 전화가 온 건가요?"

'다른 회사야. '앤세스트리'. 그들이 일치하는 결과를 찾았대."

로케는 흥분해서 안절부절못하고 몸을 버둥거렸다. 밀다는 조수를 살짝 골려 주려고 일부러 대답을 미루다가 느긋하게 입을 열었다.

"우리 해골의 조카일 확률이 높은 사람이 있대. 그러니까 가까운 친척이지. 앤세스트리가 나에게 모든 자료를 보냈어. 그런데 귀에 익은 이름이야. 어디서 들었는지 모르겠네……."

밀다는 컴퓨터 검색창에 그 이름을 넣었다. 누가 알랴. 가끔 행운이 따르기도 한다. 스웨덴에는 그 이름을 가진 사람이 많지만, 다른 정보까지 일치하는 사람은 단 한 명뿐이었다.

모니터에서 낯선 이가 그녀를 뚫어지게 바라보고 있었다. 흥미롭게도 그는 위키피디아 항목도 가지고 있었다.

밀다는 로케에게 내용을 읽어 주다가 얼마 지나지 않아 입을 다물었다. 그리고 로케를 쳐다보았고, 그도 그녀를 빤히 바라봤다. 자기가 방금 들은 말을 믿을 수 없다는 표정이었다. 밀다도 그가 어떤 느낌일지 잘 알았다.

"율리아에게 전화해야겠어."

밀다가 말했다.

"내가 어차피 그리로 가려던 참이에요."

로케가 대답했다.

"율리아가 팀원 회의를 소집했거든요. 앤세스트리에서 준 정보를 율리아에게 직접 전달할게요. 안 그러면 어차피 다른 사람들이 우리가 하는 말을 믿지 못할 거예요."

모니터 속 남자가 밀다를 여전히 노려보고 있었다.

이건 우연일 리가 없었다.

\*

루벤은 시내로 돌아가 거기서 고속 도로를 타기로 결정했다. 그곳에는 크리스마스에 술 취해 산책하는 사람들이 없을 테니까. 엘리노르의 모터는 고양이처럼 가릉거리며 예상보다 더 일찍 그를 쇠데르텔리에로 데려다줬다. 그는 여러 번 사라에게 전화할 뻔했지만, 정보를 완전히 갖출 때까지 기다리는 편이 낫겠다고 마음을 고쳐먹었다. 그리고 국가작전부도 출동을 준비하려면 어차피 최소 한 시간은 걸릴 터였다.

쇠데르텔리에를 지나 고속 도로에서 빠져나왔다. 잠시 후 좁은 국도는 눈 덮인 자갈길로 바뀌었다. 이제 다시 숲이었다. 내비게이션를 보니 2킬로미터만 더 가면 됐다. 이번에는 천천히 달렸다. 몇 달 동안 아무도 찾지 않은 눈 덮인 여름 별장들 사이로 구불구불한 길이 이어졌다. 생긴 지 얼마 안 된 두 줄의 타이어 자국만 제외하고 길은 그대로 눈에 덮여 있었다. 루벤은 페테르 크론룬드의 여름 별장 몇백 미터 전에 차를 세웠다. 길 위의 타이어 자국은 앞으로 쭉 뻗어 있었다.

얼마 안 되는 마지막 길목은 걸어서 갔다. 발을 딛을 때마다 눈이 뽀드득뽀드득 소리를 냈다. 조금 떨어진 곳에서 타이어 자국이 어느 집의 부지로 꺾여 들어갔다. 루벤은 숲에 들어가서 나무 사이로 몸을 숨기며 조심스럽게 움직였다. 휴대폰으로 위치를 확인했다. 의심의 여지가 없었다. 타이어 자국은 페테르 크론룬드의 집으로 이어져 있었다. 그 앞까지 가보니 검정 닷지 램 픽업트럭과 BMW 한 대가 집 앞에 주차되어 있었다. 그들은 이곳에 있었다. 이제 사라에게 전화해도 될 시간이었다. 전화를 막 걸려고 하는 순간, 그는 뭔가에 맞고 바닥으로 쓰러졌다. 루벤은 충격과 고통으로 비명을 질렀다.

휴대폰이 허공으로 높이 날아가 눈밭에 떨어졌다.

"빌어먹을!"

그는 입에 가득 찬 눈을 뱉어 냈다.

그러고는 몸을 굴려 등을 대고 누웠다. 어떤 남자가 히죽히죽 웃으며 그에게 몸을 숙였다. 루벤은 그를 바로 알아봤다. 세르비아 마피아 보스 드라간 마노일로비치였다. 필요하다면 제 손에도 피를 묻히는 것으로도 악명 높은.

드라간은 루벤이 지금까지 본 사람 중에 가장 덩치가 컸다. 루벤의 단독 행위는 예상보다 일찍 실패로 돌아갔다.

"뭔가 잃어버렸나 보군."

드라간이 이렇게 말하고는 눈밭에 휴대폰이 떨어진 자리를 발로 쿵쿵 밟았다.

"당신이 지금 남의 사유지에 들어와 있다는 거 아시오? 이곳은 통화 금지요."

드라간이 그를 노려봤다.

루벤은 그의 시선을 피하지 않았다. 약하게도, 오만하게도 보이지 않는 태도를 취하려고 이를 악물었다. 두 가지 태도 모두 현재 상황을 악화시킬지 모른다.

"아니, 내가 지금 무슨 생각을 하는 거람."

잠시 후 드라간이 말했다.

"몸이 다 젖겠구려. 같이 들어갑시다. 몸을 녹여요."

루벤은 천천히 몸을 일으켰다. 그가 경찰이라는 사실을 드라간이 알게 되면 끝장이었다.

"정말 죄송합니다."

루벤은 스톡홀름에서 온, 아무것도 모르는 관광객 흉내를 내려고 했다.

"산책을 좀 하다가 넘어진 것 같습니다. 이제 괜찮아요. 도와주셔서 고맙습니다."

덩치 큰 남자가 길을 막았다.

"들어가시라고."

그가 팔을 쭉 펴서 여름 별장을 가리켰다.

루벤은 선택의 여지가 없었다. 뒤에서 따라오는 드라간과 함께 숲에서 나와 별장으로 향했다. 드라간은 그를 도망치게 두지 않을 것이다. 그건 확실했다. 잘못된 행동을 하자마자 등에 총알이 날아와 박힐 테니 도주할 궁리조차 할 수 없었다. 그는 분명히 그럴 것이다. 드라간은 잔인함뿐 아니라 예민함으로도 유명했다.

또 다른 남자가 집에서 나왔다. 루벤은 그가 페테르의 형제인 빅토르 마노일로비치임을 알아봤다. 온 가족이 크리스마스를 맞아 모인 듯했다.

"누구예요?"

빅토르가 물었다.

"지각한 산타클로스야."

드라간이 대답했다.

"어떤 선물을 가지고 왔는지 보자."

빅토르가 루벤이 들어갈 수 있게 문을 잡아 줬다.

루벤은 잠시 망설였지만 어쩔 도리가 없었다. 어쨌든 아직 살아 있지 않은가. 불현듯 매 순간이 소중하게 느껴졌다. 집 안으로 들어가니 바로 거실이 이어져 있었다.

식탁에 비닐 랩이 펼쳐져 있고 그 위에 망치와 펜치, 칼과 드릴이 있었다. 어느 공구함에나 들어 있을 법한 장비들이었다. 하지만 비닐 랩은 일상적인 사용 목적과 거리가 멀어 보였다. 루벤은 배가 뒤틀렸다.

식탁 의자에는 한 남자가 앉아 있었다. 손발이 묶였지만 입에 재갈이 물려 있지는 않았다. 마노일로비치 집안 사람들은 근처에 아무도 없다고 확신하고 이 남자의 비명을 막을 노력도 하지 않은 모양이었다.

그런데 남자는 니클라스 스토켄베리가 아니었다.

우파 민족주의 정당 '스웨덴의 미래' 당 대표인 테드 한손이었다.

\*

"같이 와 줘서 고마워요. 책상에서 좀 멀어지고 싶었거든요."
미나가 말했다.

"경찰서 밖에서 커피를 마실 기회만 생긴다면 뭐든 좋아요."
빈센트가 삐딱하게 웃었다.

카운터 뒤편에서 젊은 남자가 이름을 부르자 빈센트는 자리에서 일어났고, 잠시 후 카페 로고 아래에 자신의 이름이 쓰여 있는 종이컵 두 개를 들고 돌아왔다.

"내가 컵에 손을 댔는데, 신경 쓰이지 않았으면 좋겠네요."
그가 미나에게 컵을 건넸다. 미나가 그를 보며 건배했다.

"이상하게도 당신 박테리아에는 익숙해진 것 같아요."

"내가 지금까지 받은 칭찬 중에 제일 멋지네요."

빈센트가 미나 옆에 앉았다.

미나는 마음이 답답했다. 니클라스가 실종 상태인 지금, 매 순간 온몸이 바늘에 찔리는 것 같았다. 지난여름 나탈리가 죽음의 위협에 처하기 전까지 미나는 불안을 몸으로도 느낄 수 있다는 사실을 알지 못했다. 지금도 그때처럼 애가 탔다. 그 걱정 때문에 미나는 몸이 마비되는 느낌이었다. 지치지 않고 그를 찾으러 다니려면 기운을 내야 한다는 걸 알면서도 그랬다. 하지만 가끔 휴식도 취해야 했고, 환경 변화도 필요했다. 빈센트의 마음도 돌리고 싶었다. 미나는 커피를 한 모금 마셨다.

"생각 바꿨어요?"

미나가 물었다.

"바꿨다고 말해 줘요. 경찰에 전화해서 같이 당신 가족을 찾을 계획을 세워요."

빈센트는 공포에 질린 얼굴로 주위를 둘러보며 말했다.

"그렇게 큰 소리로 말하지 마요. 누가 그림자인지 모르잖아요. 아니, 생각 바꾸지 않았어요. 경찰은 안 돼요. 아직은 아니에요."

미나는 실망해서 한숨을 내쉬었다. 그를 돕고 싶었다. 자신을 돕지 못하게 하는 그는 지금 제정신이 아니었다. 경찰로서 그 어떤 관점에서도 말이 안 되는 일이었다. 하지만 미나는 그런 빈센트를 이해할 수 있었다. 그림자의 편지에는 빈센트가 경찰에 알리면 무슨 일이 벌어질지 명백하게 쓰여 있었다.

"그건 그렇고…… 내가 빠진 퍼즐 조각 하나를 발견한 것 같아요."

빈센트가 말했다.

"사건 해결에 도움이 될 만한 조각이에요. 뼈 무더기 위치와 내가 받은 모래시계 사이에 연결점이 있더라고요. 모래시계는 당연히 시간과 관련된 단서였어요. 모래시계는 시간을 구현하니까. 수수께끼는 '시간이 다 지나가기 전에 네 번째를 찾아'였죠. 처음엔 좀 당혹스러웠어요. 우린 이미 네 번째 뼈 무더기를 찾았고, 누가 네 번째 사람인지 안다고 생각했잖아요. 하지만 왕이 네 번째 사람이 아니라면 어떻게 하죠?"

"당신 말이 맞아요. 그의 뼈는 20년이나 됐잖아요."

미나가 대답했다.

"그렇죠. 그러니 지금 우리에게 있는 건 희생자 세 명과 장소 세 곳이에요. 그 모래시계들의 모래가 아래로 다 떨어질 때까지 걸리는 시간을 재 봤거든요. 그런데 각각의 시간이 희생자가 발견된 지하철 노선의 번호와 정확하게 일치해요."

"지하철 노선 번호요?"

미나는 호기심 어린 표정으로 몸을 앞으로 숙였다.

"갑자기 그런 생각이 들었어요?"

"애들 장난처럼 쉬웠어요."

빈센트가 미나에게 윙크했다.

"네 번째 모래시계가 네 번째 희생자를 상징한다고 가정하면 그것이 나타내는 시간은 터널의 네 번째 장소에 해당해요. 네 번째 노선이죠. 희생자는 그곳에 있어요. 아니, 그곳에 있게 될 거예요."

미나가 자리에서 벌떡 일어섰다.

"그걸 왜 이제야 말해요? 니클라스와 세 사건 사이의 유사점으로 볼 때 네 번째 희생자는 니클라스일 게 분명해요."

"나도 그 말에 동의해요."

"어쩌면 그가 이미 그 근처에 잡혀 있는지도 몰라요. 그곳이 어디죠? 어느 노선이에요?"

"바로 그게 문제예요. 네 번째 장소는 존재하지 않는 노선에 있다는 거."

미나는 믿을 수 없다는 표정으로 입을 떡 벌렸다. 그러다가 다시 입을 다물고 자리에 앉았다.

"존재하지 않는다니, 그게 무슨 뜻이에요?"

"스톡홀름 지하철 노선에는 두 개의 번호가 비어요. 15번과 16번이요. '네 번째', 그러니까 아마도 니클라스는 모래시계에 따르면 16번에 있어야 해요. 하지만 지금의 지하철 노선들을 건설하는 데 70년 이상이 걸렸으니, 번호가 일관성 있게 매겨

지지 않았어도 이상한 일은 아니죠."

"그럴 수도 있겠네요."

미나가 대답했다.

"그래도 만일을 위해 율리아에게 전달해 둬야겠어요."

그러고는 목소리를 낮춰서 말을 이었다.

"뭔가 새로운 거 있어요? 당신 가족에 대해서요. 가족을 납치했을 만한 정신 나간 팬이 정말로 생각 안 나요? 경찰에게 알리지 않을 거라면 최소한 나한테라도 얘기해 줘요."

빈센트는 시선을 내리고 컵을 밀어 냈다.

"가끔 내가 일종의 신경 쇠약이 아닐까, 그래서 이 모든 일을 그저 상상으로 꾸며 낸 게 아닐까 하는 생각이 들어요. 집에 가 보면 다들 멀쩡히 있는데 말이죠. 그런데 이젠 아무도 없어요. 아직도 누가 납치했는지 모르겠어요. 내가 뭘 해야 할지도 생각이 안 나요."

자신을 바라보는 그의 눈길에 미나는 마음이 아팠다.

"이겨 낼 수 있겠죠?"

그가 물었다.

"모든 게 다시 좋아지겠죠?"

미나는 자기 손을 그의 손 위에 얹고 눈을 마주 봤다.

"내가 곁에 있을 거예요. 당신에게 필요하다면, 나를 옆에 오게 허락한다면 언제든지."

그의 질문에 대한 대답은 아니었다. 그러나 그에게 위로가 될 만한 대답은 없다는 것을 두 사람 모두 알고 있었다.

\*

페테르 크론룬드의 여름 별장은 아주 추웠다. 루벤의 입에서는 하얀 입김이 뿜어져 나왔고, 그의 맞은편에 앉은 테드 한손은 온몸을 떨었다. 드라간과 빅토르는 난방을 켜지 않았지만, 다행스럽게도 그들은 루벤의 다운재킷 주머니를 털고 나서 옷은 그대로 입혀 두었다. 그럼에도 루벤은 구석에 쌓여 있는 재킷 무더기를 탐나는 시선으로 흘낏 바라봤다. 머플러라도 있으면 좋았을 텐데. 그들은 루벤도 의자에 묶었다. 루벤은 밧줄을 당겨 봤지만 곧 포기했다. 매듭이 아주 단단하게 묶여 있었다.

루벤은 테드를 이미 만난 적이 있었다. 테드는 사이비 단체에게 납치, 살해당한 아이의 어머니인 예뉘 홀름그렌을 데리고 인터뷰를 하는 등 그녀를 자신의 정치적 목적을 위해 이용했었다. 그러나 루벤과 율리아는 그의 눈앞에서 언론의 관심을 받으며 예뉘를 취조하러 경찰서로 데려가는 데 성공했다. 그때 테드는 엄청나게 흥분했었다.

지금 그는 훨씬 작아 보였다. 고개를 숙이고 있는 테드는 자꾸 잠이 들려는 것 같았다. 루벤은 그가 자기를 기억하지 못하기를 바랐다. 그리고 혹시 기억하더라도 눈치 있게 자기가 경찰이라는 것은 언급하지 않기를 바랐다.

"저 남자 어디서 주웠어요?"

옆방에서 빅토르 마노일로비치의 목소리가 들려왔다.

"숲에서."

드라간이 대답했다.

"짭새처럼 보이는데요."

"그래. 어쨌든 테디 패거리는 확실히 아니야."

테디, 테드. 마노일로비치 집안 사람들은 테드 한손을 도대체 어쩌려고 하는 걸까? 맞은편 의자에 있는 사람은 인종 차별주의자이지만, 그렇다고 그가 이런 취급까지 당할 만한 이유는 없었다.

테드가 시선을 들었다.

그러고는 루벤의 생각을 읽었다는 듯이 냉소적인 웃음을 터트렸다.

"이런데도 우리가 범죄자들을 수입한다고 하면 다들 과장이라고 주장하지."

당 대표가 나지막하게 말했다.

"저 둘은 어쨌든 나와 생각이 다른 모양입니다. 내 말이 옳다는 증거예요. '스웨덴의 미래' 정책대로 할 수 있었다면 우리는 저들 부자를 이미 오래전에 추방했을 겁니다."

스웨덴의 미래. 루벤은 한숨을 내쉬었다. 테드의 정당은 불안과 공포를 충동질했다. 그런 분위기를 틈타 자신들의 이익을 챙길 수 있기 때문이다. 당 대표가 세르비아 마피아의 손아귀에 들어 있다는 소식이 알려지면 이것 또한 최대한 이용할 터였다. 이런 사건은 소셜 미디어에서 스웨덴 출신이 아닌 모든 사람을 향한 증오 선동을 손쉽게 불러일으켰다. 이전에도 그런 일이 있었고, 무고한 사람들이 피해를 입었다. 루벤은 그것이 되풀이되지 않도록 막아야 했다. 하지만 그 문제는 나중이다. 일단은 여기서 살아 나가는 것이 우선이었다.

"거기, 주둥이 닥쳐!"

빅토르가 부엌에서 고함을 질렀다.

"난 밖에 가서 혹시 산타클로스들이 또 덤불을 살금살금 지나가는지 봐야겠다."

드라간이 현관문을 열었다.

이보다 추울 수 없을 것 같던 내부는 이제 더 추워졌다. 루벤의 눈에 테드가 경련을 일으키고 있는 것이 보였다. 그의 얇은 재킷은 냉기에 전혀 맞서지 못하는 듯했다.

"잠깐만요. 저놈은 어떻게 하죠? 그냥 놓아줄 수는 없잖아요. 그렇다고 죽이자니 시체가 하나 더 생기겠고. 못 하겠어요. 어쨌든 오늘은 안 돼요. 지금 바로 밀란을 데리러 가야 해서요."

빅토르가 물었다. 드라간이 문을 다시 닫고 대답했다.

"우리가 손쓸 필요 없어. 그냥 여기 남겨 두면 돼. 나머지는 추위가 해결할 테니까. 도대체 저놈은 왜 온 거야?"

"테디는 어떻게 해요?"

"그놈은 다르지. 그 개자식은 내가 돌아오면 처리하자."

"저는 다른 방향을 둘러볼게요. 그래야 근처에 아무도 없는지 더 빨리 확인하죠. 그사이에 둘이 도망치지는 못할 테고."

두 남자가 나가자 여름 별장이 조용해졌다.

테드가 루벤을 빤히 쳐다봤다.

"날 구하러 온 거라면 당신은 실패한 겁니다."

그가 이를 덜덜 떨며 쇳소리를 냈다.

"그쪽은 스웨덴 경찰의 무능력을 비난하면서 핏대 세우기를 좋아했잖아요."

루벤이 불만 가득한 표정으로 대꾸했다.

"모처럼 본인 말이 맞았는데, 기분 좋지 않습니까?"

드라간과 빅토르는 곧 돌아올 것이다. 루벤은 테드와 이곳을 살아서 빠져나갈 수 있도록 얼른 방법을 생각해 내야 했다. 하지만 아무 생각도 나지 않았다.

\*

사라는 방탄 헬멧을 이리저리 돌려 가며 자세히 살펴봤다. 카메라 고정 장치는 비어 있었다. 로키산맥에서 스키를 탈 때 이런 헬멧을 마지막으로 썼었다. 아니, 스키는 아니었다. 그때 아이들이 아직 너무 어려서 썰매만 탔다. 하지만 사라와 남편은 그곳에서 환상적인 일주일을 보냈다. 몇 달 후 그녀는 스웨덴으로 돌아왔고, 모든 것이 무너졌다. 삶이 얼마나 빠르게 달라질 수 있는지 놀라울 정도였다. 어쨌든 사라는 재커리와 리아를 최대한 빨리 스웨덴의 산맥과 친해지게 해 줄 예정이었다.

"헬멧 크기가 맞아?"

빌헬름이 물었다.

"미안, 다른 생각 중이었어."

사라가 대답했다.

"내가 처음 돌아왔을 때 근무했던 데이터 분석 팀하고는 일하는 방식이 완전히 다르네."

수송차가 커브를 틀자 사라는 자기도 모르게 문 위쪽 손잡이를 잡았다. 적어도 몸은 자기가 할 일이 무엇인지 알고 있었다.

"설마 우리가 널 종이호랑이들 틈에서 시들어 가게 둘 거라고 생각한 건 아니지?"

빌헬름이 웃음을 터트렸다.

"복귀를 환영해."

"고마워."

사라는 복면과 헬멧을 쓰고, 방탄조끼가 잘 맞는지 확인했다.

"네가 상관이라는 거 알아."

빌헬름도 헬멧을 썼다.

"하지만 아까도 말했듯이 넌 그동안 책상 앞에만 앉아 있었잖아. 출동 나간 지 오래됐다고. 그러니 저 앞에 있는 젊은이들에게 일을 맡겨."

"글쎄, 정말 방패막이가 필요하다고 생각해?"

"그건 아니지만 나쁠 건 없잖아. 저항이 얼마나 거셀지 모르니까 말이야."

수송차가 심하게 흔들렸다. 사라는 이번엔 균형을 잃었다.

"스키 타는 거랑은 정말 다르네."

그러고는 웃음이 터졌다. 빌헬름은 무슨 소리냐는 표정으로 그녀를 보며 자신의 헤클러 앤드 코흐 MP5 기관 단총을 체크했다.

사라는 중무장한 동료들을 자랑스러운 눈빛으로 훑어봤다. 미국에서 돌아온 후 처음으로 이곳에 돌아왔다는 기분이 들었다. 드디어 그녀가 있어야 할 곳에 있었다. 수송차에 타고 있는 대원들이 이를 가능하게 했다. 그녀는 헛기침을 했고, 특공대원 모두가 사라를 바라봤다.

"다들 상황은 들었겠지."

사라가 입을 열었다.

"그 어떤 사태에도 준비가 되어 있어야 한다는 건 말할 필요도 없다. 빌헬름의 말대로 저들이 어떤 식으로 저항할지 모르지만, 일단 무장했을 것으로 예상해야 해. 우리한테 반격할 만큼 저들이 멍청할지는 알 수 없으니까, 눈을 똑바로 뜨고 있도록."

수송차가 멈춰 섰다.

"도착했습니다."

운전사가 말했다.

사라는 대원들을 둘러보며 한 명 한 명 눈을 맞추었다. 갑자기 너무 긴장한 사람이 있는 건 아닌지 확인하기 위해서였다. 이런 출동이 몸에 밴 대원들도 불현듯 무릎이 떨리는 경우가 있었다. 그것도 이 일의 일부였다. 보통 문제가 되는 건 오히려 절대 긴장하지 않는, 야망이 넘치는 동료들이다. 하지만 지나치게 긴장한 사람들도 안전상 위험하므로 차에 남아야 했다.

모두 침착하고 단호한 얼굴이었다.

사라는 만족스러운 마음으로 고개를 끄덕였다.

"이제 놈들을 혼내 주러 가자."

그녀가 뒷문을 열고 뛰어내렸다.

빌헬름은 좋은 뜻으로 한 말이었겠지만, 사라는 상관이다. 그녀가 뒤로 빠지는 일은 없을 것이다.

\*

루벤은 계속 사라를 생각했다. 나는 도대체 얼마나 멍청했던가. 오로지 사라에게 깊은 인상을 주려고 무작정 페테르 크론룬드의 여름 별장으로 쳐들어가다니. 영웅 놀이를 하려고 했다. 사라 앞에서 그는 자신의 약점을 깨달았다. 사라는 진실의 거울 같았다. 그녀의 눈으로 보니 자신의 무책임함과 허영심, 자기중심적인 면이 보였다. 그는 사라에게 더 나은 남자가, 아스트리드에게 더 나은 아버지가 되고 싶었다. 할머니에게도 갚아 드려야 할 것이 있었다.

사라로 인해 그는 자신이 잘못된 것을 쫓는 데 삶을 허비했다는 사실을 뼈저리게 깨달았다. 이제 그는 고문을 당하고 자기 연민에 빠져 징징거리고 있는 인종 차별주의자와 함께 이 싸늘한 별장에 앉아 있다. 그리고 아마 이 근처 숲 어딘가에 익명의 무덤으로 남게 될 것이다.

숲에 사는 동물들이 뼈를 파헤치는 바람에 딸기나 버섯 따던 사람들이 발이 걸려 넘어지면 그제야 발견되겠지. 사랑하는 카마로는 외국으로 넘어가 부품별로 해체되거나 위조 서류를 달고 팔리겠구나.

루벤은 고개를 저었다. 드라간 패거리가 성가신 일 처리를 어떻게 해결할지 상상하는 것보다 일단 자신이 어떻게 밧줄을 풀고 이 빌어먹을 상황에서 벗어날지 고민하는 편이 나을 터였다.

"이봐요."

그는 테드의 정강이를 살짝 찼다.

"아직 살아 있죠?"

당 대표는 여전히 정신을 차리지 못하고 징징거렸다. 그의 베이지색 바지에는 이미 흥건하게 젖은 얼룩이 있었다.

루벤은 사라가 자기를 애도할지 궁금했다. 둘은 연인도 아니고 그렇게 될 수도 없을 것이다. 그는 지금까지 인정하지 않았지만, 자신이 남몰래 그걸 원해 왔음을 깨달았다.

그러나 입김이 하얀 구름처럼 쏟아지고, 목숨이 경각에 달려 있는 이 차가운 여름 별장에서 이제 더는 스스로를 속일 시간이 없었다. 사실 그는 사라와 모든 것을 함께하고 싶었다. 빌라 집과 볼보 차와 멍멍이. 친구 부부를 저녁 식사에 초대해서 무시무시한 부동산 가격과 금리 이야기를 나누고 싶었다. 누가 장 볼 차례인지, 누가 아이들을 재우러 갈 건지, 누가 빨래를 할 건지 사라와 실랑이하고 싶었다.

그는 교회와 목사, 그 외 온갖 귀찮은 것들이 포함된 결혼

식을 하얀 드레스를 입은 사라와 치르고 싶었다. 아스트리드는 리아, 재커리와 함께 두 사람 앞을 걸어가면서 장미 꽃잎을 흩뿌릴 것이다. 요란한 잔치를 벌이고, 평소 싫어하던 친척들까지 모두 초대하는 거다. 그는 할 수 있는 모든 것과 그 이상까지 바랐다. 그리고 이 모두를 사라와 함께하고 싶었다.

바깥에서 나지막한 목소리가 들려왔다. 루벤은 눈을 꾹 감고 의식을 막 잃을 것 같은 테드를 이번에는 약간 세게 걷어찼다. 나쁜 놈이긴 했지만 그가 죽기를 바라지는 않았다. 게다가 바로 자기 눈앞에서.

문이 긁히는 소리, 삐걱거리는 소리가 들려왔다. 여러 사람의 목소리도 크게 들렸다. 그들이 돌아왔다. 루벤은 자신이 말없이 기도를 올리고 있음을 깨달았다. 바람이 얼굴을 스치고 지나가자 소름이 끼쳤다. 아까보다 더 추워졌다.

그들이 나를 어떻게 죽일까. 정말 내가 동사할 때까지 기다리려나. 아니면 머리에 총을 쏠까. 비닐봉지를 머리에 씌워 질식시키거나 밧줄로 목을 조르거나 그냥 목을 부러뜨리는 선택지도 있겠지. 확실히 총알이 좋은데. 그게 가장 빠르고 큰 고통 없이 끝날 테니까. 비닐봉지는 정말 싫었다. 그는 빈센트 같은 폐소 공포증 환자는 아니지만, 산소를 호흡하지 못한다는 생각만으로도 공황 상태에 빠질 것 같았다.

그의 등 뒤 문 바깥에서 빠른 발소리가 났다. 소리를 낮춘

웅성거림도 들렸다. 빌어먹을, 이 자식들이 도대체 뭐 하는 거야? 그는 다시 한번 테드를 걷어찼다. 당 대표는 고개를 들지는 않았지만 뭔가 웅얼거리는 것으로 보아 아직 살아 있기는 했다.

순간 요란하게 부서지는 소리에 루벤은 움찔 놀랐다. 이제 더는 참을 수 없었다. 그는 문 쪽을 보려고 의자와 함께 힘껏 뛰어 반 바퀴를 돌았다. 무장한 사람들이 방으로 쏟아져 들어오고 있었고, 그들 뒤에는 더 많은 사람이 보였다.

경찰 제복이었다.

그들은 경찰 제복을 입고 있었다.

누가 제일 먼저 들어오는지도 보였다.

사라였다.

그녀가 방 한가운데에 섰다. 부서진 문으로 들어오는 눈부신 빛에 에워싸인 채. 루벤은 이렇게 매력적인 여자를 본 적이 없었다. 그는 구원받았다. 사라가 그를 구한 것이다.

그는 원래 완전히 반대인 상황을 상상했었다. 그런데 현실에서는 그가 여기 앉아 있었다. 아마 우스꽝스럽고 가련한 모습일 것이다. 낡은 식탁 의자에 묶여 있는 무기력한 모습. 하얀 웨딩드레스를 입은 사라라는 꿈은 허공으로 흩어졌다.

누군가가 칼로 밧줄을 끊었다. 루벤은 의자에서 일어나 손목을 문질렀다. 차마 사라와 눈을 마주할 수 없어서 바닥만 내려다봤다.

"집과 주변을 수색해."

사라가 동료들에게 말하는 소리가 들렸다.

"빌헬름, 넌 테드 한손을 데려가. 나는 이 창백한 분을 맡을 테니."

루벤은 의기소침한 채 그녀를 따라 문 쪽으로 갔다. 발과 다리에 이제 막 피가 돌기 시작해서 다리를 약간 절뚝거렸다. 구석에 놓인 재킷 무더기를 지나려는데, 순간 주춤했다. 뭔가 이상했다.

"잠깐만."

그가 뻣뻣한 무릎을 굽혔다.

그리고 제일 위에 있는 재킷, 후드에 털이 달린 암청색 캐나다 구스를 조심스럽게 들어 올렸다. 죽은 구스타프 브론스의 눈이 그를 빤히 쳐다봤다.

\*

아이는 배가 고팠다. 그리고 추웠다. 그들은 먹을 만한 것을 찾아 위에 올라갔지만 추울 때 사람들은 바깥에서 뭔가를 먹지 않았다. 냉기가 지하로까지 스며들었다. 아빠가 쓰레기통에서 낡은 담요를 찾았다. 담요는 조금이나마 온기를 주었다. 그런데도 아이는 몸을 떨었다.

아빠가 달라졌다. 조용해졌다. 아주 조용했다. 끝날 것 같지 않게 쏟아지던 말이 그치고 침묵이 이어졌다. 아이는 아빠의 입을 열고 싶었다. 그래서 아빠가 좋아할 만한 주제들을 끄집어냈다. 스웨덴의 왕들. 역사에 남은 전쟁. 구스타브 3세는 왜 암살당했나? 프랑스 장교 베르나도트는 어떻게 스웨덴 왕위에 올랐나? 이런 일에 대해 아빠는 수천 번이나 설명해줬었다. 늘 열정적이었다. 그러나 이제 아빠에게 그런 열정은 남아 있지 않았다.

아이는 비비가 걱정한다는 사실을 알았다. 비비는 눈치채지 못한 척했지만 아니었다. 그녀는 뭐든 알아챘다. 어둠 속에서는 많은 것이 더 잘 보이는 법이었다.

잠들 때 아빠는 늘 아이 옆에 누웠다. 특히 추워지고 나서부터 더욱 그랬다. 아이는 아빠의 가슴이 오르락내리락하는 것을, 고른 호흡을 느꼈다. 조심스럽게 아빠의 등에 손을 얹었다. 아빠를 깨우고 싶지 않았다. 아빠는 얼마 전부터 제대로 잠들지 못했다. 그러니 잠이 필요했다. 왕관은 아빠의 건너편 박스 위에 놓여 있었다. 잠결에 아빠는 엄마의 이름을 불렀다. 몇 번이나, 점점 더 자주.

열차가 지나가면 땅이 흔들렸다. 밤에는 열차 안이 한적했다. 아이는 이렇게 가까운 곳에 자신들이 있다는 것을 지하철을 탄 사람들이 안다면 어떤 생각을 할까 궁금했다. 위에 사는 사람들은 눈길도 주지 않는 그들. 그들은 눈에 보이지 않았다. 그래서 아이는 지하철을 탄 사람들을 '보이는 사람들'이라고 불렀다. 그들은 서로를, 자기 자신을 보니까. 그렇다. 그들은 자기 자신을 볼 수 있다. 아이는 그 사람들 중 하나가 되고 싶지 않았다. 시야의 바깥에서 안락함을 느꼈고 꿈과 현실 사이에, 어둠 속에 떠 있는 편이 좋았다.

아빠가 다시 엄마 이름을 중얼거리자 아이는 아빠 등을 부드럽게 쓰다듬었다. 그러고는 아빠에게 몸을 붙이고 담요로 아빠를 덮어 줬다. 아빠의 가죽 재킷에 뺨을 대고, 선로의 노래를 들으며 잠이 들었다. 아침이면 틀림없이 나아질 거야. 아침이 되면 아빠는 다시 왕관을 쓰고 이 땅에 살다 간 모든 왕에 대해서 이야기해 주겠지.

아침이 되면.

\*

"자, 보온 담요 덮어."

사라가 차 안으로 몸을 숙이고 그에게 알루미늄 호일 같은 담요를 둘러 줬다. 차 뒤쪽이 좁아서 뒷좌석으로 제대로 들어오지도 못했지만 사라는 최선을 다했다. 그녀는 루벤을 마치 아이처럼 돌봤다.

루벤의 굴욕감은 시간이 지날수록 심해졌다. 그는 영웅이 되려고 했었다. 당당하게 악당 드라간을 체포해서 사라에게 넘기려고 했다. 사라는 너무 기뻐서 기절할 지경이었을 테고, 그러면 그가 쓰러지는 사라를 안아 주었을 텐데. 그러나 지금 그는 여기 흐물흐물해진 샌드위치처럼 앉아서 추위에 떨고 있었다.

"고마워."

루벤이 사라의 눈길을 피하며 말했다.

빌어먹을. 사라는 여전히 그가 본 중에 가장 매력적인 여자였다. 풍성한 굴곡과 제복, 현장에서 지시를 내리는 모습까지.

사라는 잠깐 망설이는 듯했다. 그러다가 그의 옆에 앉더니 문을 닫았다.

"솔직하게 말해 봐."

사라가 그를 빤히 바라봤다.

"여기서 뭐 한 거야?"

루벤은 침을 꿀꺽 삼켰다. 중학교 때 교장실에 불려 갔던 것보다 끔찍했다. 머릿속으로 사실과 관계없는 온갖 대답이 떠올랐지만, 최대한 빨리 해결해 버리자는 결론에 이르렀다. 어차피 다 끝난 일이었다.

"나…… 당신이 통화하는 걸 들었어."

그가 말문을 열었다.

"드라간이 누군가를 납치했고, 그를 체포하러 간다는 거."

"언제 들었다는 거야?"

사라가 이맛살을 찌푸렸다.

"그리고 어디서? 우리 집에서?"

"당신을 만나러 간 참이었어."

그가 더듬더듬 대답했다.

"그런데 현관문 사이로 통화하는 소리가 새어 나와서……."

"그래서?"

사라가 싸늘하게 말했다. 그녀의 사무적인 말투는 어떤 면에선 고함을 지르는 것보다 끔찍했다. 어찌나 냉정한지, 루벤은 겁이 날 정도였다.

"그래서 거기로 갔는데, 당신들이 가려는 곳에 그가 없다는 걸 알게 됐어. 그러다가…… 그러다가 페테르 크론룬드가 떠오르기에 그에게 혹시 여름 별장이 있지 않을까 생각했지. 당신도 알잖아. 페테르는 자기 집안과 모든 관계를 끊었다고 단호하게 말했지만, 그런 집안에서 빠져나오기가 얼마나 힘든지. 자기들 것에 대해 언제나 소유권을 주장하지. 예를 들면 외딴곳에 있는 여름 별장을 사용할 권리 같은 것 말이야."

"똑똑한 예상이었군."

사라는 여전히 건조한 말투로 대답했다.

"우리도 그들이 튀레쇠에 있지 않다는 건 알았어. 그 다음 단계를 생각하기까지는 시간이 좀 걸렸지만."

루벤은 사라에게로 몸을 돌렸다. 은박 담요가 바스락거렸다.

"흐음, 그리고…… 실제로 그 짐작이 맞더라고. 난 그들이 정말 여기 있는지 확인만 하고 당신에게 바로 알려 주려고 했어."

"그런데?"

사라의 말투는 로봇처럼 느껴질 정도로 싸늘했다.

"내가 들켜 버렸지. 그들이 나를 테드가 있는 집 안으로 끌고 들어갔고. 그나저나 테드는 심각한 울보던데. 그들이 도대체 왜 테드를 잡아 뒀을까? 테드는 헛소리만 하는데."

"테드 한손은 비판적인 언론인들을 협박하려고 마노일로비치 집안 사람들을 고용했어. 우리가 얼마 전부터 그를 주시하고 있다고 했었잖아. 마노일로비치 집안이 일한 대가를 요구하자 테드는 갑자기 그들을 모른 척했어. 그런 계약을 했다는 것조차 부인했지. 그래서……."

그녀가 별장을 고갯짓으로 가리켰다.

"그러면 구스타프 브론스는?"

루벤은 재킷 아래에 있던 죽은 눈이 떠오르자 꺼림칙해서 몸서리를 쳤다. 빌어먹을, 이런 일에는 익숙해질 수가 없나?

"그는 드라간에게서 받은 돈을 금방 탕진했어. 그리고 나서 더 많은 돈을 빌리는 잘못을 저질렀지. 크리스마스 며칠 전에 그는 잠수를 탔고, 마노일로비치 집안 사람들과 우리 모두 그의 행방을 쫓았어. 그런데 요세핀 덕분에 그들이 우리보다 더 빨리 그를 발견한 거지."

"요세핀?"

루벤의 눈이 커졌다.

"요세핀이 우리를 구스타프에게 이끌어 줄지 모른다는 희망으로 그녀의 전화를 도청했거든. 정말 그녀가 마노일로비치 집안 사람들에게 그의 은신처를 알려 주더군. 그리고 수십만 크로나를 받았지."

"세상에, 빌어먹을. 진정한 사랑이고 뭐고 다 내다 버려야겠네."

"그러게."

사라가 싱긋 웃었다.

"시작은 무척 낭만적이었을 텐데 말이야. 어쨌든 그들이 우리보다 빨랐어. 우린 이제야 여기 왔고. 더 많은 사람을 운구 가방으로 실어 나르지 않게 된 걸 다행이라고 여겨야지."

"미안해."

루벤의 은박 담요가 다시 버스럭거렸다.

"내가 정말 정신 나간 행동을 했어. 무슨 말부터 해야 할지 모르겠네. 난……."

그는 속마음을 털어놓을 준비를 했다. 솔직함은 이런 상황에서 루벤이 가장 먼저 취하는 태도는 아니었지만, 죽음과 가까워졌던 경험은 밑바닥에서부터 어떤 변화를 불러일으켰다. 그는 입을 뗐다. 하지만 사라의 눈을 바라볼 용기는 없었다.

"난 당신에게 깊은 인상을 남기려는 욕심에 이성을 내던졌어. 내가 웃기는 놈이라는 거 알아. 그래서 당신에게 나의 다른 면을 보여 주려고 했지. 당신이 나를 자랑스러워하길 바랐어. 당신의 영웅이 되고 싶었고."

무거운 침묵이 이어졌다. 그의 뺨이 뜨거워졌다. 사라를 보고 싶은 마음이 굴뚝같으면서도 앞 좌석의 머리 받침대만 노려보며 그녀의 시선을 애써 피했다. 그가 움직일 때마다 빌어먹을 은박 담요가 버스럭거렸다. 멋진 남자는 버스럭거리면 안 되는데.

결국 얼굴만 사라 쪽으로 돌렸다. 그러나 예상과 달리 사라의 표정은 경멸과는 아주 거리가 멀었다. 오히려 사랑처럼 보였다. 사라는 말없이 루벤 쪽으로 몸을 기울이고 그에게 키스했다.

루벤은 은박 담요에 휘감긴 남자가 할 수 있는 한 최선을 다해 그 키스에 화답했다.

3권에서 계속

**옮긴이 전은경**
한국에서 역사를, 독일에서 고대 역사와 고전문헌학을 공부했다. 출판사와 박물관 직원을 거쳐 지금은 독일어 번역가로 일한다. 《영원한 우정으로》, 《폭풍의 시간》, 《리스본행 야간열차》, 《언어의 무게》, 《프랭키》 등을 우리말로 옮겼다.


# 미라지 2

**초판 1쇄** 2024년 12월 27일

**지은이** 카밀라 레크베리, 헨리크 펙세우스
**옮긴이** 전은경

**표지디자인** 정나영

**펴낸이** 차보현
**펴낸곳** 어느날갑자기
**출판등록** 2017년 8월 31일 제2021-000322호
**블로그** https://blog.naver.com/dayonepress
**인스타그램** https://www.instagram.com/oneday_press
**유튜브 '책략가들'** https://www.youtube.com/@dayonepress

미라지 2 ⓒ 카밀라 레크베리, 헨리크 펙세우스, 2024
ISBN 979-11-7335-032-0 04850
     979-11-7335-030-6 04850 (전 3권)

* 잘못된 책은 구입하신 서점에서 바꾸어 드립니다.
* 오탈자 및 오류 제보는 dayonepress@naver.com으로 보내 주시기 바랍니다.
* 이 책의 출판권은 지은이와 펜슬프리즘(주)에 있습니다. 내용의 전부 또는 일부를 재사용하려면 반드시 양측의 서면 동의를 받아야 합니다.
* 어느날갑자기는 펜슬프리즘(주)의 임프린트입니다.